세상을 바꾸는
밥상머리 교육

권순희 에세이

푸른사상
PRUNSASANG

세상을 바꾸는
밥상머리 교육

책머리에

　타인을 알고 이해한다는 것은 어려운 일이다. 전혀 다른 문화권의 사회에서 살아가는 타인을 알고 이해한다는 것은 더욱 어렵다. 인터넷의 발달로 다른 문화권의 정보를 쉽게 접할 수 있게 되었지만 현지 주민들의 삶에 묻어 있는 웃음과 슬픔, 땀냄새, 그들의 잔잔한, 때로는 거친 호흡이 묻어 있는 그런 생생한 소리를 보고 듣고 느끼기란 여간 힘들지 않다. 그래서 많은 이들이 다른 문화권으로 여행을 떠난다. 사실, 여행을 해도 그 지역 주민들의 깊은 내면의 삶을 알고 이해하기란 쉽지 않다. 그 지역의 주민들과 소통하고 같이 부대끼면서 오랫동안 지내지 않는 한 아주 어렵다. 그래서 그러한 독자의 욕구를 충족시켜주기 위해 현지인의 숨소리를, 그리고 외국에서 살아가는 소수민족으로서 바라본 한국 이민자들의 생활과 고뇌를 이 책에서 이야기하고 싶었다.

　이 책을 쓰게 된 계기는 미국 학교 교육의 뿌리 깊은 문제인 '낮은 고등학교 졸업률'을 발견하고 연구하는 데서 비롯되었다. 대도시 공립학교 학생들의 과반수 이상이 졸업을 하지 못하는 현실에 대한 교육 통계자료는 미국 공교육의 어두운 단면을 여실히 보여주었다. 풍부한 제도적 지원도 학생들이 학교를 떠나는 현실 앞에서는 '빛 좋은 개살구'에 불과했다. 다른 나라의 수많은 학부모와 학생들이 부러워할 천문학적 교육 재정으로 무료 의무교육과 다양한 무료 교육 서비스 및 복지 혜택을 대도시 공립학교에 부여하지만 많은 고등학생들이 졸업을 포기하는 중도 탈락 현상을 오랫동안 보여왔다.

사실 다년간 영어를 가르친 경험으로 영어권 국가에 대한 정보를 어느 정도 알고 있었지만 유학 생활을 통해서 직접 미 남부 현지인들의 생활을 접하면서 한국에서의 간접 경험으로는 전혀 몰랐던 놀랍도록 모순된 미국의 사회상을 재발견하게 되었다. 특히 한국이라는 다른 문화권에서 자라고 가르쳐온 경험으로 이 원인을 학교 제도 밖에서 찾을 수 있었다. 즉, 학교 교육의 실패와 중도 탈락의 근본 원인은 미국의 뿌리 깊은 사회·정치 체제의 모순에서 비롯되었으며, 사회·문화 및 정치가 실타래처럼 얽혀 학교 교육에 큰 영향을 미쳐왔다는 것을 현지 생활 경험을 통해서 발견하게 되었다.

한국과 미국 두 나라에서 교육 관련 일을 해온 독특한 경험을 바탕으로, 교육적 관점에서 렌즈를 학교 밖 미국 문화, 사회 및 정치 체제에 갖다 대고 미국 사회의 구석구석을 파헤쳐 미국 서민들과 소수민들의 호흡을 듣고 삶을 느끼며, 한국 이민자들의 땀냄새를 맡고 공감하며 한국인의 유산과 자존감 및 그 위상을 재발견했다. 특히, 미국의 주류 사회에서 한국 기업의 위상과 한국 민족의 모범적인 삶과 가치는 소수민족으로서 한국의 땅의 크기나 교육 재정과 상관없다는 것을 말해준다. 대한민국의 위대함은 우리 조상이 만들어온 우리의 문화, 사회 및 정치적 유산에 기반해 축적해온 수준 높은 교육정책과 밥상머리 교육의 힘이었다. 한국인은 매사에 절약하고 저축하며 다른 민족보다 더 근면하게 생활하면서 세계 구석구석에서 조용히 조국을 세계에 알리는 진정한 애국자이며 민간 외교관들이다.

이 책 『세상을 바꾸는 밥상머리 교육』은 각 가정에서부터 출발하는 한국의 밥상머리 교육을 적용하면 미국 학교 문제도 어느 정도 해결할 수 있다는 기대에서 출발한다. 불행 중 다행으로 2009년 오바마는 역대 어떤 교육 전문가, 정치인, 대통령도 풀지 못한 미국 교육의 근본 문제를 풀기 위해 한국의 밥상머리 교육 격인 유치원, 유아원, 방과 후 교육 등으로 미국 전 지역 학교 교육에 깊숙이 개입하여 막대한 투자와 정치·사회·문화 체제의 개선을 주도하면서 대도시 학교 교육의 커다란 변화, 사회 혁명을 일으켰다. 이는 아주 오랫동안 누적되어 풀지 못한 대도시 저소득층의 뿌리 깊은 교육 문제를 해결하는 획기적 조치였다. 부모가 아침 저녁으로 자녀에게 주는 교훈과 긍정적인 기대치는 자녀의 자존감을 높이고 이는 개개인의 끈기와 인내를 강화하여 학업을 마치고 졸업할 수 있게 할 뿐 아니라 아이들의 바른 성장과 성공의 초석이 된다.

그러므로 이 책은 다양한 교육 경험과 생생한 현장의 언어로 그린 현장 스케치라 할 수 있다.

2017년 애틀랜타에서

권순희

차례

제3부 삼성과 대한민국

제4부 문화의 공유

차례

제5부 소수민족으로 살아가기

제6부 까막눈은 되지 말자

제1부

밥상머리 교육

독립심 키우기

몇 주 전 자주 가는 단골 식당에서 10대로 보일 정도로 젊은 아가씨와 마주쳤다. 그녀는 바구니 하나를 들고 있었다. 바구니 안을 보는 순간 탄성이 절로 나왔다.

"아! 인형 넘 귀엽다!"

"인형이 아니라 내 아기예요."

얼핏 인형으로 착각할 정도로 작은 아기였다. 자세히 보니 꼼지락꼼지락 움직이고 있었다.

"아이가 정말 작네요. 몇 달째지요?"

"1주일 되었어요."

나는 깜짝 놀랐다. 어떻게 1주일 된 갓난아이를 공공장소인 식당에 데리고 올 수 있느냐? 병균에 감염되면 어쩌려고. 산모인 너도 마찬가지로 병균에 감염되기 아주 쉬운데. 내 걱정스러운 말에 여학생 같은 소녀가 대답했다.

"의사가 괜찮다고 했어요."

서양 여성은 아이를 낳고 1~2주면 밖에 나가서 일한다고 들은 적은 있지만 실제로 보니 더욱 놀라웠다. 한국에서는 아이가 백일 이 될 때까지 외출도 자제하고 여러모로 아주 조심을 한다. 산모도 3개월 정도는 집 안에서만 지내고 외출은 되도록 자제하며 다른 이들과의 접촉도 최대한 줄인다.

산모들에 대한 사회적 관심이나 대우도 아주 다르지만 아이를 키우는 방법도 너무나 다른 것 같다.

아주 오래전 유학 초기에 알고 지내던 로라라는 친구가 있었다. 두 아이를 둔 직장여성이었다. 그래서 가끔씩 그녀의 아이들을 돌 봐주기도 했다. 로라는 오후 1시가 되면 한 살 된 아이를 낮잠 재 웠다. 한창 잘 노는 아이를 그 시간만 되면 2층으로 데려다가 아기 침대에 눕혔다. 잘 놀다가 방해를 받은 아이는 당연히 울음을 터뜨 렸다. 하지만 로라는 아이가 울거나 말거나 그냥 2층의 아이 방에 서 내려왔다. 그 아이 울음소리가 얼마나 거북했던지 지금도 기억 이 생생하다. 너무나 모질다고 생각했다. 서양인들은 너무나 이성 적이어서 가끔씩 냉정하게 느껴졌다. 어떻게 아이를 저렇게 울릴 수가 있는가? 난 도저히 이해할 수 없었다.

아이는 5분에서 10분 정도 울다가 조용해졌다. 울다가 잠이 들 기도 하고, 멀뚱멀뚱 눈을 뜬 채 혼자 놀기도 했다. 이렇게 서양의 아이들은 규칙, 규범, 독립이라는 것을 어릴 때부터 몸으로 배우며

익히는 것 같다.

내가 어릴 땐 아이가 우는 이유는 세 가지라고 들었다. 말을 못하니 배고프거나 아프거나 잠이 올 때만 운다는 것이다.

어머니께서는 잠이 와서 우는 아이를 등에 업어서 재우기도 하고, 가슴에 안아서 재우기도 하고, 아니면 같이 누워서 함께 낮잠을 자기도 했다. 아기가 울면 절대절대 그대로 두지 않았다. 저렇게 심하게 우는 아이를 그냥 침대에 눕히고 스스로 자도록 기다리는 것은 상상도 할 수 없는 일이었다.

이렇게 한국의 아이들은 부모와 피부를 밀접하게 접촉하면서 자랐다. 심지어 초등학교 4학년까지 엄마 품을 떠나지 않은 큰 아기들도 많았다. 그래서 우린 더 감정적이고 서양인들은 더 이성적일까.

아기 성장의 열쇠, 접촉

미국의 심리학자 해리 할로는 아기의 성장의 가장 중요한 요소로 신체적 접촉을 꼽으며 이것이 애착 형성의 결정적 요인이라고 했다. 아기가 엄마에게 친밀감을 느끼게 되는 결정적인 요인이 먹이거나 놀아주거나 하는 것보다 안정감을 느끼게 하는 접촉이라는 것이다. 아이와의 접촉은 안정, 감각 발달, 자신감을 심어주며, 타인에 대한 신뢰감을 형성시켜준다.

미국 베일러 의대 연구팀은 접촉을 충분히 받은 아이는 머리가 좋아진다고 한다. 피부와 뇌는 너무 밀접해서 아이의 뇌 발달에 커다란 영향을 준다고 보고하고 있다. 부모와의 충분한 접촉을 받은 아이는 그렇지 않은 아이보다 30% 뇌 발달이 빠르다고 한다. 또 접촉은 사회성을 발달시킨다. 새로운 환경이나 대인관계를 두려워하지 않고 사회 적응력이 좋다고 한다. 접촉이 충분한 아이는 정서가 안정되고 자신감을 얻어서 항상 명랑할 수 있다고 한다.

안아주기, 간지럼 태우기, 내 몸으로 뒹굴기 등 아이와의 접촉을 많이 할수록 아이의 장래가 밝다고 말해도 과언이 아닐 것 같다.

(2017. 7. 5)

10대와 작업 윤리

남편과 나는 같은 동갑이다. 지구의 서로 다른 편에서 아주 다른 문화에서 태어났지만, 같은 시대적 상황에서 자랐으므로 영화, 음악, 예술 그리고 여러 지구촌 사건들을 공유하며 흥미로운 대화를 할 수 있다. 그렇지만 서로 다른 문화 속에서 보낸 어린 시절 일들을 이야기하다 보면 매번 신기함을 느낀다.

예를 들면, 10대 때 겪은 취업과 관련된 이야기들이다.

남편은 14세, 중학교 3학년 때 오토바이 때문에 처음으로 일을 시작했다. 너무 어려서 차는 운전할 수 없었지만 미국에서는 14세부터 오토바이 타는 것을 법으로 허용하고 있다.

한국과 달리 공공 서비스인 버스나 기차가 거의 없는 미국 사회에서 청소년들은 대체로 부모의 교통편이나 학교 버스를 이용한다. 그래서 미국 청소년들은 부모로부터 독립하기 위해 제일 먼저 차나 오토바이를 갖고 싶어 한다. 남편은 첫 오토바이를 갖기 위해서 엄격한 아버지와 약속을 했다. 오토바이를 사주는 대신 긴 여름방학을 이용해서 식당에서 풀타임으로 일해야 했다.

그가 처음 한 일은 설거지였다. 새벽 4시에 일어나 주방에서 음식을 준비하는 바쁜 손들을 도와 설거지와 잔심부름을 했다. 부모가 운전하는 자동차에 의지하는 삶에서 독립하는 첫 단계가 스스로 이동이 가능한 자신의 오토바이를 사는 것이었다. 이를 위해서 4시에 잠과 싸우면서 일어나야 했다. 한창 잠이 많은 청소년기에 아침 일찍 일어나 일하는 것은 커다란 고통이었다. 그러나 난생처음 부모로부터 독립할 수 있는 오토바이크를 갖는 것을 생각하면 잠과 싸워 이길 수 있었다.

미국 사회와 미국의 부모들은 청소년들에게 무엇인가를 노동 없이 그냥 가질 수 없다는 것을 어려서부터 교육시키는 것 같다. 즉 노동의 가치를 일찍 교육시키는데 '살아 있는 한 움직이고 일을 해야 한다'는 노동 정신을 미국 사회가 교육시키는 것 같다. 남편은 부모님이 경제적으로 여유 있는 편이었지만 다른 아이들처럼 중학생 때부터 여름방학이면 일을 했다. 일의 즐거움을 미리 배운 것 같다. 숨 쉬는 한, 살아 있는 한 일을 하는 것은 당연하다는 직업의식을 가지는 것이 그들의 문화인 것 같다.

남편은 돈이 필요하면 부모님께 그냥 받지 않고 빌리고 나중에 꼭 갚는다. 크리스마스나 생일 같은 특별한 일이 아니면 공짜 거래는 없었던 것 같다. 부모가 유산을 전혀 안 주고 사회에 환원해도 아무 말 안 한다. 부모님 재산은 부모님께서 한평생 열심히 일하셔서 만든 것이니까 순전히 부모님 것이라고 생각한다.

한국의 10대들은 공부하는 것을 최우선으로 삼는다. 청소년들은 공부에 10대의 거의 모든 시간을 보낸다. 돈이 필요하면 부모님 돈이 내 것인 것처럼 그냥 받아 사용했다. 부모의 재산이 내 것이고 부모가 주는 것은 당연히 모두 받았다.

나는 14세 때 아버지께서 주신 자전거를 즐겨 탔다. 대학을 졸업할 때까지 공부 외에 한 일이라곤, 동생을 돌보거나 어머니 일을 도와 집안 일을 하는 정도였다.

남편의 부모님께서는 성적은 C학점 이상만 받으면 된다고 하시면서 공부에 대한 부담은 전혀 주지 않았다. 학교 결석하지 않고 사고 치지 않고 C학점 이상만 받으면 만족이었다. 대신 방학 때마다 일을 해서 어릴 때부터 노동의 가치를 일찍 깨달았다.

미국의 청소년들은 일하는 것을 공부하거나 식사하는 것처럼 당연하게 생각한다. 그들은 고등학생이 되면 차를 구입하고 부모로부터 정신적, 물질적으로 서서히 독립한다.

지구의 정반대쪽에서 아주 다른 문화와 지식과 경험을 습득하며 자란 두 사람이 만나서 같이 살면서 서로에게 흥미로운 경험들을 하고 서로에게 배우기도 하지만 우주 충돌 같은 충격도 서로 주고받으면서 오늘도 균형, 조화를 이루면서 살아가고 있다.

(2017. 7. 6)

공립학교의 담임

내가 교직에 있을 무렵의 어느 날 아침, 인근 도시의 경찰서에서 학교 교무실로 전화가 왔다. 우리 반 아이가 경찰서에 있으니 와서 데려가라는 전화였다.

학급에서 일어나는 모든 일을 관리하고 책임지는 것은 담임으로서 당연한 일이었다. 특히 학교에서는 출석 결석 상황을 철저히 점검하는데 무단결석은 바로 사고를 암시하는 일이기에 담임들과 교감 교장들은 학교의 모든 학생들의 출결 상황을 매일 아침 10시까지 확인했다. 결석하면 바로 가정으로 확인 전화하곤 했다.

주말 동안 여관에 묵은 학생들을 수상히 여긴 여관 주인이 경찰에 신고했고, 그중에 우리 반 아이가 있어 경찰에서 학교로 연락이 온 것이다. 경찰의 보고에 의하면 다른 학교 아이가 훔친 돈으로 가출해서 게임도 하고 맛있는 것도 사 먹고 영화도 보면서 주말을 보냈다고 한다. 그때 내 나이가 20대 중반이었다. 미숙한 담임으로서 당황스럽고, 이런 상황에서 어떻게 하나 참 난감하기만 했다. 그러나 담임으로서 의무를 다해야 했으므로 모든 것이 무사하기를 기도하면서 그 아이를 만나러 갔다. 경찰 보호소에 있는 아이를 보자 눈물이 났다. 어려운 가정에서 부모님의 돌봄이 부족한 탓에 다른 아이들이랑 어울려 탈선을 한 것이다.

우리 반 아이는 직접 훔치지는 않았고 가출이 문제였다. 경찰은 그 아이에게 다시는 가출 같은 짓은 안 하겠다고 다짐받고 또 그런 친구들이랑 어울리지 않겠다는 각서도 받았다. 나도 담임으로서 그 사건과 관련한 지도뿐 아니라 다시는 이런 일이 일어나지 않도록 '책임 지도하겠다'는 문서에 사인을 하고 아이를 데리고 나왔다.

이 사건은 담임으로서 내게 일어났던 일 중 가장 충격적인 사건이었다. 다행스럽게도 그 후 그 아이는 특별한 문제를 일으키지 않고 졸업을 했다.

미국 유학 초기, 미국인 가정에서 잠깐 지낸 적이 있었다. 그 가정의 중학생 남자아이가 선생님과 문제를 일으키고 그 벌로 1년간 홈스쿨링(Homeschooling)을 하고 있었다. 학교를 나가지는 않지만 매일 정해진 시간에 맞춰 어머니와 공부를 하는 것이었다. 그러나 부모님의 열정과 사랑으로 그 남자아이는 무사히 1년의 홈스쿨링을 마치고 학교로 돌아갈 수 있었다. 지금은 결혼해서 두 아이의 아빠가 되어 잘 지내고 있다.

미국 학교의 담임은 한국에 비하면 일이 거의 없다. 한국의 담임이 하는 일을 상담교사가 모두 처리한다. 학생의 가정 문제나 친구

문제, 진학, 취업 등 상담교사가 신경 써야 할 일이 무척 많다. 이민 사회의 학부모들은 학교의 상담실에서 호출하지 않으면 자녀들이 학교생활을 잘하고 있다고 믿어도 된다는 말을 하곤 한다.

그러나 학교의 모든 학생들을 상담교사가 관리하므로 인간적인 접근을 등한시하기 쉽다. 그래서 민감한 청소년들의 문제를 인간관계라는 차원에서 처리하지 못하는 경우가 많은 것 같다. 규칙과 규정에만 엄격하다 보니 아이들의 실수를 쉽사리 단죄하곤 한다.

한국 공립학교의 담임은 학생들과 수업도 하고 여러 행사도 같이 하기에 학생을 가장 잘 이해할 수 있고 자연히 상담도 더 효과적이다. 그러나 미국의 전문 상담교사가 하는 모든 일을 담임이 맡아서 처리하다 보니 담임의 일이 너무 많아서 담임을 기피하는 경향도 있다.

학교나 부모님 측에서 보면 한국 공립학교의 담임들은 아이들과의 관계가 넓고 깊어 아이들의 문제를 보다 인간적이고 용이하게 해결하고 도와주며 그 결과 교육적 효과는 더 큰 것 같다.

미국의 상담교사들은 일반 교사보다 훨씬 높은 급여를 받는다. 그보다 더욱 중요한 일을 하는 한국의 담임들에게 획기적인 월급 인상이 필요하지 않겠는가.

(2017. 7. 6)

밥상머리 교육이 필요하다

미국 유학 초기에는 새로운 생활에 적응하느라 아무 생각 없이 공부만 했다. 그러나 몇 년 지난 후 교육정책 및 행정 분야 학위 논문을 준비하면서, 그리고 미국인의 삶을 깊숙이 체험하면서 몇 가지 도저히 이해할 수 없는 미국 사회의 문제를 발견했다. 미국 대도시 중등학교 학생들의 중도학업포기율(drop-out rate)이 절반이 넘는다는 교육 통계자료들을 처음 접하고, 미국 학교와 사회의 문제들에 대해 나름대로 심도 있고 객관적으로 연구하고 탐색하게 되었다.

미국 정부는 국민이 내는 세금으로 공립학교를 운영하며, 학생들은 무료 교육을 받으면서 학교의 거의 모든 물건들과 시설들을 자유롭게 이용할 수 있다. 다른 나라 학생들이 이런 무료 교육을 얼마나 부러워하는지, 불법으로까지 와서 미국 공교육을 받으려고 한다. 그런데 대도시의 많은 아이들은 왜 그 훌륭한 무료 교육을 거부하고, 학교 문을 박차고 나가 다시는 교실로 돌아오지 않는 것일까? 나는 도저히 이해할 수 없었다.

내가 들은 대로 대도시의 많은 아이들이 게을러서 공부도 하기 싫어하고 일도 하기 싫어하는 것일까? 그래서 그들은 먹을 것과 잠잘 곳을 찾아 노숙자 쉼터에서 서성이는 것일까? 미국은 기회의 나라이니 마음만 먹으면 공부도 원하는 대로 할 수 있고 일도 해서 충분히 먹고살 수 있을 텐데, 그들은 자존심도 없는 것일까?

그러나 미국 문화와 사람들을 오랫동안 접하고 경험하면서, 이들을 좀 더 객관적으로 바라보고 그 문제점을 체계적으로 파악하게 되었다. 먼저 사회적인 면에서 이들에게 자존감을 심어주는 기회가 부족한 것이 문제였다. 자존감(self esteem)은 자아를 존중함으로써 자신 있게 하고 싶은 일에 도전하고, 실패해도 쉽게 극복해서 자신의 삶을 변화시킬 수 있는 마음가짐을 말한다. 자존감이 부족하면 조금만 힘들고 갈등을 겪어도 아이들은 쉽게 학교를 중도에 그만두고 방황한다.

어린 시절 긍정적인 사회 분위기와 가족관계는 자존감의 발달에 결정적 역할을 하는데, 한국 사회에서 조상을 숭배하고 어른을 공경하는 유교는 아이들에게 자존감을 일깨워주어 현명한 다음 세대를 길러내는 데 크게 기여했다. 특히 부모가 머리를 맞대고 자녀의 미래를 계획하며, 삶의 가치와 목적을 심어주는 밥상머리 교육은 아이들에게 자존감을 심어주는 데 중요한 과정이 된다. 어릴 때부터 이런 자존감을 형성시키는 부모의 역할이 부족했기에 미국 대도시 아이들의 학업 중도 포기와 사회 부적응의 악순환이 계속되지 않았는가 생각한다. 이러한 가설은 나의 논문에서도 다시 증명되었다. 한국의 경우, 나라 전체가 찢어지게 가난했지만, 역사적으로 유교사상의 전통을 이어온 단단한 가족 체계와, 사회의 기대치로 자녀의 자존감을 강조하는 부모와 어른들의 밥상머리 교육이 지겹도록 있었다.

교육자로서 미국 대도시의 학교 문제, 사회 문제는 일시적 기부나 정부 지원으로는 해결되지 않음을 느낀다. 지난 몇 년간 오바마 대통령은 문제의 원인을 정확하게 인지하고, 미국 사회를 체제부터 변화시키기 위해 유아교육 지원, 생활의 향상 및 보장 등 대도시 문제, 특히 소수인종 문제의 해결을 위한 정책을 강력하게 추진해왔다. 어마어마한 미국 연방 자금을 투입하여 밥상머리 교육을 강조한 차일드케어를 직접 지원했다. 이를 보면 오바마가 소수인종의 아픔과 문제점을 정확하게 꿰뚫어 보았음을 느낀다. 흑인 사회 및 흑인들의 문제가 무엇인지를 가장 정확하게 파악했다고 할 수 있다. 일시적 관심이나 지원이 아닌 체제 변화로 밥상머리 교육, 즉 엄마 아빠가 가르치는 교육에 근접하는 유아교육이 필요한 것이다.

교회에서 만나는 어떤 이는 "대도시 노숙자들은 게을러서 그렇게 된 것이다"라고 말한다. 이제는 이들에게 조언해줄 수 있을 정도로, 대도시의 문제에 대한 나 자신의 시각과 생각이 엄청나게 변했다. 이는 오랜 세월 동안 미국 생활을 하면서 교육자적 시각으로 미국 문화를 접하고 경험하면서 배우고 깨달은 것이다. 미국 유학을 오지 않았다면, 그리고 미국 문화를 깊이 접하면서 미국에 오래 살지 않았다면, 나도 아직 그들이 게을러서 문제를 일으킨다고 했을 것이다.

잘못된 사회 체제로 자존감이 부족해진 아이들이 어려움을 극복하지 못하고 방황해왔다는 것을, 늦게나마 깨달았기에 나는 감사한다. 건강한 가정이 건강한 국가를 만들며, 건강한 가정은 밥상머리 교육에서 시작한다고 해도 과언이 아니다. 부모가 아침마다 자녀에게 주는 교훈, 훈계, 기대치는 돈으로 해결할 수 없는 것이며 어린아이들이 성장해서 성공할 수 있는 초석이 되기 때문이다.

(2015. 12. 12)

여자를 조심하라

한국에서 교사로 근무하던 시절, 처음에 여학교에 있다가 남학교로 전근하게 되었다. 남학교에 가보니 40여 명의 남학생들이 하나같이 모두 얼굴에 미소를 띤 채 나를 향해 집중해서 바라보고 있었다. 그 누구도 한눈 팔지 않고 나의 다음 동작을 기다리고 있었다. 난 '이 학생들이 이렇게도 나의 수업을 재미있어하고 좋아하는구나' 하고 생각했다. 하루는 또래의 젊은 여선생님께서 나를 불러 귓속말로 말했다. "남학생들이 선생님 수업시간에 거울을 돌리면서 장난을 치니 조심해서 지켜보세요." 그 후 그들의 환한 미소 뒤에 숨은 '거울 돌리기'의 현장을 목격하고, 손거울을 압수한 뒤 장난의 주모자와 실장, 부실장을 불러내서 내 생애 최고의 벌을 주었다.

그 당시 여학교의 여교사들은 학생들의 모범이 되도록 단정하게 치마를 입으라고 선배 선생님들로부터 교육받았다. 반면 남학교의 여교사들은 주로 바지를 입었고, 심지어 청바지도 입는 걸 보고 처음에는 놀랐다. 10대 남학생들은 또래의 여학생들과는 겉으로 보이는 신체 조건뿐 아니라 정신적으로도 많이 다르며, 그래서 아주 다른 차원의 생활 지도가 필요하다는 것을 실감했다.

10대 남학생들은 몸은 성인인데 정신은 아주 어리다. 가끔 나는 남학생들의 뇌는 오직 성에 대한 생각으로 가득 차 있는 것이 아닌가 하는 착각에 빠지곤 했다. 그들은 치마 입은 여교사들에게 거울을 갖다 대고, 복도에서 넘어지는 척하면서 여교사의 치마 안을 보려 하는 등, 온갖 성적인 장난을 일삼곤 했다. 그들의 책가방에선 낯 뜨거운 외국 성인 잡지가 자주 발견되었다. 남자들이 성에 대해 최고의 호기심을 가지고 있는 시기는 10대임을 남학교에서 생생하게 체험했다.

최근 CNN 기자 리사 링(Lisa Ling)이 10대 성범죄자의 실태를 심층 취재한 특집방송(Our America with Lisa Ling)을 보았다. 방송에 따르면, 한 순진한 10대 소년이 친구 집에서 어울려 놀고 있는데, 갑자기 다른 10대 여학생들이 갑자기 방에 들이닥치더니 그중 한 여학생이 소년의 무릎에 앉았다. 갑작스런 일들에 당황스러웠지만, 소년은 그냥 그 여학생을 자기 무릎에 앉아 있게 놓아뒀다. 그런데 나중에 그 여학생은 성폭력을 당했다고 경찰에 신고했고 소년은 구속된다. 소년의 변호사는 유죄를 인정하면 집으로 돌아갈 수 있다고 설득한다. 그래서 소년은 별로 동의하고 싶지 않았지만, 집으로 돌아가고픈 마음에 변호사의 의견을 받아들인다. 실제로는 ㄱ 소년이 행동한 것과 다름에도 불구하고, 결국 여학생의 신고를 법정에서 사실이라고 인정한 셈이다.

그날 밤 이후로 소년의 인생이 완전히 바뀌었다. 10년간 감옥에서 복역해야 했고, 출소한 후 20대가 되었지만 아직도 경찰에게 주기적인 감시를 받으며 지옥 같은 생활을 하고 있다. 링 기자에 따르면, 수많은 청소년들이 한순간의 작은 실수로 지옥 같은 삶을 살고 있다. 성인의 상습적인 성범죄가 아니라, 미성숙한 10대들의 단순한 호기심으로 발생된 행위인데도 말이다.

요즈음 대학 캠퍼스가 성폭력 사건으로 시끄럽다. 폭스뉴스의 존 스타슬이 최근 캠퍼스 성폭력 사건을 취재했다. 그는 방송에서 "이제 캠퍼스에서 남학생들이 데이트를 할 때면 반드시 '여기 사인해주세요'라고 데이트 각서를 받아놓고 나서 사랑에 빠져야 할 것 같다"고 말했다. 스타슬 기자의 심층 취재로 드러난 바는 놀랍기만 하다. 한 여학생이 대학 캠퍼스에 종이 박스를 펴놓고 그곳에서 잠자면서 동침할 사람을 구한다. 나중에 알고 보니 그 여학생은 캠퍼스 사기꾼이었다. 이 여학생이 성폭력을 당했다고 신고하면, 경찰은 여학생 신고만 받고 곧바로 남학생을 체포한다. 이렇게 5명 중 1명이 성폭행범로 붙잡히는 것이 현재 미국 캠퍼스의 기막힌 성폭력 문화다. 거짓말 같은 현실이다.

아직 미성숙한 남학생들이 성에 대한 지나친 호기심과, 이를 자극하는 예쁘고 젊은 여성들의 유혹을 거부하기란 쉽지 않다. 그러나 여학생이 성적 학대를 받았다고 신고하면 가차 없이 구속되고,

운이 나쁘면 성폭력 범죄자로 낙인 찍혀 평생을 지옥 속에서 살게 될 수도 있다. 이 위험성을 젊은이들은 너무 늦게 깨닫고 있다. 일단 성폭력 혐의로 경찰에 체포되면 남학생의 주장을 들어주는 사람은 아무도 없다. 그리고 자신도 모르게 성폭행범이 된다.

내가 지켜본 남학생들이 성적으로 얼마나 호기심이 강하고 유혹에 취약했는지 회상해본다. 청소년기 미성숙한 남학생들은 예쁜 여학생의 유혹에 실수하기 쉽다. 또 그 여학생이 악의적으로 학교나 경찰에 신고하면, 이 모든 것이 어찌 그들만의 잘못이라 할 수 있는가?

어렸을 때 어른들로부터 남자를 조심하라는 조언을 많이 들었다. 그래서 나는 항상 경계를 늦추지 않았다. 이젠 같은 말을 남학생들에게도 해야 할 것 같다. "여자를 조심해라, 순간의 실수로 인생을 망치지 않기 위해서."

(2015. 12. 1)

아버지의 크리스마스

형형색색으로 화려하게 차려진 푸짐한 만찬 테이블 위에는 내가 한 번도 먹어보지 못한 음식들도 많이 보인다. 예쁜 촛불과 아름다운 꽃과 장식 들이 식탁을 더욱 고상하고 이색적으로 만들어준다. 맛있는 음식에 어울리는 유쾌한 이야기로 한참 동안 꽃을 피운다. 크리스마스 파티 분위기가 무르익어가면 크리스마스 트리 주위에 잔뜩 쌓인 선물을 개봉하는 시간이 된다. 마냥 신이 난 어린아이들과 덩달아 즐거워 꼬리를 흔드는 개와 고양이들이 축제 분위기를 더욱 고조시킨다.

선물 교환은 한 시간 넘게 계속된다. 어린 조카들을 위해서 마련된 선물들이 많지만 어른들도 모두 제각각 준비한 선물을 교환한다. 감사의 인사말과 덕담도 나누면서 시간 가는 줄 모른다. 중간중간 사진도 찍으면서 웃음꽃을 피운다. 선물 꾸러미를 개봉해 나가던 어린 조카는 60인치 텔레비전 박스만큼이나 커다란 선물 상

미국의 크리스마스

자 앞에 호기심 가득한 얼굴로 선다. 마지막 선물 꾸러미다. 아이
가 뚜껑을 열자마자 안에서 삼촌이 우스꽝스런 얼굴로 튀어나온
다. 기절할 뻔한 어린 조카의 모습을 보고 모두가 폭소를 터뜨린
다. 웃음 가득한 크리스마스 파티가 끝나고 남편과 집으로 돌아오
면서 난 나의 어릴 적과는 아주 다른 미국 가정의 크리스마스를 아
주 유쾌한 크리스마스라고 생각했다.

　1년 중 그야말로 최대의 명절인 크리스마스에는 작은 트럭을 빌
려야 할 정도로 아이들 선물이 많이 쌓인다. 한 사람씩 선물을 열
어보는 재미는 또 남다르다. 각자 정성을 다해 상대방을 위해, 심
지어 어떤 이는 1년을 두고 생각하고 준비한다. 그렇게 준비한 그
선물 꾸러미들을 푸는 재미는 가족의 끈을 훨씬 더 단단하고 가깝
게 이어준다. 그 지극한 정성은 곧 가족의 사랑이기 때문이리라.

또 여러 가지 재미있는 행사와 다양한 파티 음식, 그리고 오래전의 추억을 되새기는 재미있는 이야기들과 여러 가지 게임도 준비한다. 그야말로 크리스마스는 미국인들의 커다란 축제이다. 예수님의 탄생을 기뻐하며 경외하는 그런 경건한 분위기는 없다.

이에 비해서 어릴 적 나의 크리스마스는 근신의 기간이었던 것 같다. 목사님이셨던 아버지는 "예수님이 태어난 성탄절은 일반 사람들이 생각하는 화려한 크리스마스가 아니다"라고 말씀하셨다. 성경에서 말한 대로 예수님은 세상에서 가장 비천한 곳인 말구유에서 태어나셨기 때문이다. "말똥 냄새가 지독한 더러운 말구유에서 세상에 빛을 전해줄 예수님이 태어난 것은 세상이 축하할 신성한 일이다. 우리는 조용하고 검소하게, 그러나 아주 경건하게 크리스마스를 지내야 한다"고 아버지는 늘 말씀하셨다. 그래서 어릴 적 우리 가족은 간단하지만 아주 경건하게 12월을 보냈다.

지금 생각해보면 나의 어린 시절인 1960~70년대 한국은 두 번의 대환란, 즉 2차 세계대전과 한국전쟁을 겪은 후라 나라 전체가 혼란스러웠다. 먹을 것도 부족해서 UN 구호품을 받던 시절이어서, 성탄절을 간단하게 보내는 게 당연했으리라. 게다가 그 당시 사회는 불교와 유교의 특성이 강하고 반기독교 정서가 두드러졌다. 기독교는 제사를 경시하고 조상 숭배를 가볍게 여기는 나쁜 종교로 취급당했다. 아버지는 유교 사회에서 기독교 억압에 맞서 싸우는 최전방의 개척자로서 또 다른 심적 전쟁을 치러야 했다. 아버지를 따르던 청년 제자들도 모두 유교의 핵심인 조상 숭배 제사를 경시한다고 비판을 받던 상황이었다. 그래서 나의 크리스마스는 더욱 간단하고 경건했을지도 모른다.

성인이 되어서는 공부와 일로 바쁘게 지내다 보니 미디어의 상업적 광고와 함께 크리스마스가 조금씩 세속적 행사로 변질되는 것을 나 자신도 모르게 무덤덤하게 받아들였다. 그리고 유학 생활 중 미국인 남편을 만나 내게는 크리스마스의 느낌이 또 변화했다. 1년 중 가장 큰 명절인 크리스마스로 12월은 모두가 분주한 시간을 보낸다. 선물 준비는 추수감사절을 끝내자마자 시작된다. 준비하는 데 들어가는 정성이 감격스럽다. 가족 하나하나 그리고 주위의 이웃들에게도 조금씩 성의를 표한다. 적어도 감사 카드라도 써서 건넨다.

심각하기만 했던 내 어릴 적 아버지의 크리스마스와 너무 유쾌하기만 한 미국인 남편의 크리스마스. 모두 조금씩 더하고 덜했으면 하는 생각이 드는 크리스마스 밤이다.

(2015. 12. 25)

개인주의 대 공동체 의식

외국인들이 미국에서 가장 부러워하는 것 중의 하나가 공공 도서관일 것이다. 각 도시마다 공공 도서관이 운영되는데 도서관은 시청과 법원 그리고 경찰서와 가까운 거리에 위치해 있다. 지역에서 일어나는 각종 사건 뉴스도 그 도서관에서 쉽게 찾아볼 수 있다. 지역의 학생들이 이용하는 것은 물론, 어린아이를 둔 부모를 위해서는 책 읽는 행사를 개최하고, 시력이 좋지 않은 노인을 위해서는 확대본을 구비해놓고, 외국인들을 위한 영어 교실까지 다양한 욕구를 가진 지역주민들에게 적합한 다양한 자료와 프로그램을 갖추고 도서관 이용을 유도하고 있다.

내가 도서관을 자주 찾던 무렵의 어느 날 아침 10시, 세 명의 중학생들이 컴퓨터 앞에 앉아 있었다. 직업 탓인지 학생들을 보면 학생부장 선생님처럼 그냥 지나치지 않고 더 관심 있게 지켜보는 습관이 있다. 자세히 보니 그들은 책가방을 옆에 내려놓고 컴퓨터 게임에 열중하고 있었다. 이상해서 몇 가지 질문을 해보았다.

"너희들 J 중학교 학생들이지?"

"예."

"그런데 지금 아침 10시잖아. 너희들 학교에 있어야 하는데 왜 여기에 있는 거니?"

그들은 아무 말이 없었다.

한국의 학교에선 학생들의 출결 여부가 교무실에 모두 기록되어 학교에 있는 모든 이들이 볼 수 있다. 결석생이 있는 경우 담임은 긴장한다. 약간의 수당을 받긴 하지만 담임의 책임이 막중하고 할 일이 많아서 담임 맡기를 원하는 사람은 드물다. 학급에서 일어나는 사건 사고는 담임이 우선적으로 해결해야 한다. 아침 10시경이면 학생들의 출결 여부가 이미 파악된 시점이다. 바쁜 학교 일정에도 담임은 결석한 학생들의 부모님과 연락을 취하느라 진땀을 뺀다. 학교에 공식적으로 보고하기 전에 학생의 가정과 연락하여 결석의 원인을 알아내기 위해서다. 한국의 학교에서는 학생들이 관련된 불의의 사건 사고들을 미연에 방지하기 위해서 철저하게 계획하고 준비한다.

반면에 미국의 학교 체제는 우리와 다르다. 미국의 공립학교에서는 담임의 역할이 크지 않다. 거의 모든 문제는 상담실에서 상담사가 도맡아서 처리한다. 그런데 그 많은 학생을 상담교사가 맡아서 자세히 상담하고 지도하는 것은 불가능하다. 문제가 크게 불거지지 않으면 학생들의 일상을 상담사가 알 리 없다.

그러므로 학생들의 출석 관리도 한국 학교처럼 철저하게 할 수 없다. 학생들이 결석을 해도 부모가 스스로 아이들의 상황을 보고 하면 알지만 그렇지 않으면 잘 모르는 경우가 허다하다.

학교에 가지 않고 컴퓨터 게임을 하고 있는 학생들을 보는 순간 필자의 직업 근성과 한국의 유교적 공동체 의식이 어울려 나도 모르게 날카로운 말이 나온다.

"너희들, 지금 당장 학교로 돌아가지 않으면 지금 바로 J 중학교 교장실로 전화해서 너희들이 여기서 컴퓨터 게임 하고 있다고 이야기하겠다."

내 말이 끝나자마자 그들은 내팽개친 책가방을 집어들고 총알처럼 자리에서 튀어나와 학교로 달려간다.

남편에게 말했더니 '미국인들은 아이들이라도 남의 일에 그렇게 끼어들지 않는다'고 조언한다. 남의 일에 참견하지 않는다는 것이다. 개인의 의견을 존중하고 개개인의 인격 자체를 존중하는 개인주의 자유주의를 숭배하는 나라라는 것이다. 나는 '남의 일 같지만 결국은 나의 일, 우리의 일이 된다'고 주장한다. 학생들의 탈선이 결국 더욱 어두운 사회를 만들며 더 많은 복지 재정이 필요하게 되며 개개인의 세금이 막대하게 지출될 것이다. 남의 집 아이들 문제가 결국 나 자신의 문제가 되는 것이다. 그러므로 그 많은 탈선 학생들을 상담교사나 경찰에게만 맡기는 개인주의보다 한국의 유교적 공동체 의식에서 발현되는 주인 의식이 더 요구된다.

개개인의 권리를 옹호하는 것은 우리의 이상이지만 건전한 사회를 만드는 책임도 우리의 몫이다. 지역 학교는 주인 의식을 가진 공동체가 무엇보다 필요한 곳이다.

(2017. 2. 23)

인연, 나의 반쪽

수업을 마치고 나왔는데 차를 꺼낼 수가 없었다. 철조망으로 둘러싸인 공사장 안쪽 작은 주차장에 차를 세워뒀는데, 공사장이 자물쇠로 잠겨 있었던 것이다. 이미 사방은 사람을 분간하기 힘들 정도로 어두워진 후였다. 근처에 공중전화부스가 하나 보여 도움을 청하려 수화기를 들었다.

유학 초기, 위험하거나 어려운 일이 생길 때마다 캠퍼스 경찰로 연락해서 도움을 받곤 했다. 이번에도 911에 도움을 청하려고 수화기를 드는 순간, 누군가 다가와서 말을 건다. 연구 방법론을 같이 듣는 대학원생이었다.

"도움이 필요할 것 같은데 제가 도와드릴까요?"

난 바로 거절했다.

"도움 필요 없어요. 캠퍼스 경찰로 전화하면 도와주니까 걱정 마세요."

그는 더 적극적으로 이야기했다.

"부담 갖지 마세요. 도와드릴 테니."

그러면서 내가 들고 있던 수화기를 반강제로 낚아채서 전화를 대신 한다. 그는 내가 외국인이니까 이 늦은 밤에 도움이 꼭 필요하다고 생각한 것 같았다. 난 불쾌해하며 그를 완강하게 밀어내고 거절하지 못한 나를 원망했다. 그가 전화 통화를 마치고, 내일 아침 7시쯤 공사장이 다시 문을 여니 그때 자동차를 가지고 가야 될 것 같다고 알려주었다. 난 내일 아침 중요한 약속이 있는데 걱정이었다. 그는 내일 아침과 오늘 밤은 자기 차에 태워주겠다고 한다.

사실, 대학원 저녁 수업을 들으러 왔다가 주차할 곳을 찾지 못하던 차에 열려 있는 공사장 안쪽 주차장에 차를 대놓고 수업에 들어갔던 것이다. 9시쯤에 나오니 공사장 문은 잠겼고 철조망 안쪽의 내 차를 이용하려면 내일 아침까지 기다릴 수밖에 없었다. 요행인지 수업을 같이 듣던 한 청년이 나를 발견하고 호의를 베풀어준 것이었다. 난 그의 친절이 부담스러웠지만 끈질긴 호의를 받아들여 그의 차를 타고 도보로 15분 거리의 내 아파트로 왔다. 그는 놀랍게도 다음날 아침 정확한 시간에 나를 태워서 공사장까지 데려다주었다.

난 그를 대학 컴퓨터실에서 처음 보았다. 초면에 나에게 호기심 가득한 표정으로 몇 가지 질문을 했다. 난 아주 간단하게 대답하고 나와버렸다. 난 그때 성공적인 유학을 위해 공부 외에는 다른 관심을 가져본 적이 없었다.

우연히 아동발달심리 강의실에서 그를 다시 만났다. 그러나 교실에서 개인적인 소통은 별로 없었다. 그는 항상 제일 앞줄에 앉아서 열심히 강의를 듣고 수업에 열정적으로 참여하여 교수나 학생들에게 좋은 인상을 심어주는 사람이었다.

그에 대한 나의 냉담한 반응이 조금 부드러워진

미국 유학 초기에 만난 인연

것은 차가 공사장 주차장에 갇힌 사건 때 그가 베풀어준 호의를 받아들이고부터였다. 그도 나의 방어 체계가 조금 늦추어진 것을 눈치챘는지 도서관에서 공부하고 있던 나를 자주 점심 친구로 끌어냈고, 난 미국 남부의 전통문화를 알아가는 재미로 점심을 같이 하자는 그의 호의를 자주 받아들였다. 그리고 주말 시간을 조금씩 그에게 할애하면서 난 부담 없는 친구 하나를 가지게 되었다. 그는 한국 청년들이 하듯이, 맥주를 마시고 취한 척 실수를 가장하거나, 노래방 같은 곳에서 필요 이상 친근한 체하는 일도 없이, 또 영화관에서 은근히 손을 잡거나 기대려는 일도 없이 나를 아주 아주 편하게 해주었다. 즉, 나의 마음은 전혀 로맨틱하지 않은데 상대방이 먼저 감정을 드러내는 행위 따위는 전혀 하지 않았다. 난 그렇게 매너가 진짜 깨끗한 남자를 처음 봤다. 그래서 도망갈 필요 없이 늘 다른 여자친구들처럼 깨끗하게 친구로 오랫동안 머물러 있을 수 있게 되었다.

나중에 서양의 문화와 생활 양식을 배우면서 좀 더 그들의 특성을 알게 되었는데, 서양인들은 자칫 잘못 행동했다간 성폭력으로 바로 처벌을 받을 수 있기에 여자들에게 아주 조심하는 것 같았다. 그는 나의 옷깃도 스치지 않으려고 아주 조심했다. 정말 편하게 대해주었다. 그러니 나의 마음도 서서히 그에게 호의적으로 열리기 시작했다.

소위 말하면 상대의 마음이 자연스럽게 열릴 때까지 1년이고 10년이고 기다리는 것은 아주 중요하지만, 그것이 한국 남성들에게는 힘든 것이었나 보다.

미국에서는 성폭력을 강력한 법으로 징계하기 때문에 웬만큼 법을 아는 남성들은 법망에 걸리지 않기 위해 아주 조심하는 것이 생활화된 모습이다. 사실 한국에선 성폭행을 당하고도 창피해서 신고는 고사하고 말도 못 하는 피해자들이 많다는 보도를 자주 보았다. 신고한 사람들이 도리어 피해를 보니 침묵할 수밖에 없다고 한다.

반면, 미국에서는 좋은 법을 악용하는 사례가 많다. 특히 정치권에서는 여성들을 상대방에게 접근시켜서 나중엔 성폭력으로 조작하는 시례가 잦다. 또 데이트했다가 남자에게 보복하는 마음으로 이용하는 여성들도 많다. 오죽하면 폭스뉴스의 한 특집 보도에서 "청년들이여, 데이트하기 전에 각서를 쓰고 하라"고 할 정도였을까.

그러나 본인의 인내심이 강했든, 제도적 장치를 잘 수용했든 간에, 영국 신사와 같은 깔끔한 매너와 오랜 기다림으로 그는 나의 반쪽이 될 수 있었다.

(2017. 7. 4)

제 2 부

애틀랜타의 한인들

평화의 소녀상, 두 번 울지 않을 것이다

"행사가 취소되었나요?"

"아니요. 취소되지 않은 것으로 아는데요?"

아무리 블랙번 공원을 둘러보아도 소녀상 제막식 행사장을 찾을 수가 없어서 물어보고 받은 답변이었다. 폭우 속에서 다시 공원 구석구석 두세 바퀴를 돌고 난 뒤 다시 J와 C 언론사로 전화해서 재차 확인해보았다.

"한 시간 이상을 찾았는데 한국인 한 명도 안 보이네요."

"폭우가 쏟아져서 야외 행사가 취소된 것 같아요."

"아니요, 취소되지 않았어요."

정확한 주소와 덧붙여진 자세한 설명에 의해 겨우 찾은 소녀상 제막 행사장은 디캡 카운티에서 운영되는 노인아파트 옆 작은 공간이었다. 일반 대중에게 잘 알려지지 않았지만 카운티에서 3에이커의 작은 공간을 블랙번 2라고 한단다.

평화의 소녀상 곁에서

그러나 평화의 소녀상이 세워진 장소는 노인아파트와 타운하우스에서 관리비를 내는 공용 정원 같은 곳이었다. 왠지 외롭게 이국땅 어느 귀퉁이에 홀로 남겨진, 두 번째 버려진 할머니 같은 느낌이 드는 것은 나만의 생각이었을까?

내리치는 폭우와는 또 다른 뭔가가 마음을 더 무겁게 짓눌러 발도 옮기기 힘들 정도였다. 진흙과 빗물로 뒤범벅이 된 잔디밭에 발이 푹푹 빠졌다. 어기적 걸음으로 겨우 나아가, 노인아파트 정원에 놓인 평화의 소녀상을 마주했을 때 첫눈에 소녀상 옆의 흰 표지판이 눈에 들어왔다. '성매매가 전국 최고인 수치스런 애틀랜타 치안 통계에 이 소녀상의 상징처럼 성매매가 근절되기를 바란다'는 짧은 영어 문장이 새겨져 있었다.

"아니, 일본의 잔학했던 2차 대전에 대한 역사적 사실은 한마디도 없네."

행사장에서 사용된 천막을 거두어 가려고 온 사람들 중 앤서니라는 청년이 내 말을 듣고 그 흰 표지판을 자세히 읽더니 말했다.

"애틀랜타에는 돈으로 성이 거래되니 주의를 요한다는 내용이군요. 돈 받고 몸을 파는 행위가 전국 최고라는 말이죠."

그는 단순히 이 지역이 전국에서 가장 많은 성매매가 이루어지는 곳이라는 데 경각심을 갖자는 표지판이라고 생각하는 것 같았다. 나는 다시 말했다.

"이 평화의 소녀상은 그렇게 단순한 이야기가 아니에요. 일본은 2차 세계대전 때 한국을 침략했어요. 우리는 36년간 모국어인 한국어도 사용하지 못했고, 남자들은 징용되어 일본의 전쟁 야욕을 위해 몸을 바쳐야 했고, 여자들은 전장에 끌려가 일본 군인들을 위해 위안부 역할을 하도록 식민지하에서 제도적으로 강요된 성노예가 되었죠. 이 소녀상은 그 역사를 기억하라는 의미예요."

앤서니는 어리둥절한 표정으로 나를 본다. 그리고 평화의 소녀상 바닥의 검은 돌을 내려다보더니 비에 젖어 잘 보이지 않는 돌에 새겨진 아주 작은 글자를 손으로 재빠르게, 그러나 정성껏 물기를 닦아가면서 호기심에 차서 읽어내려간다. 정성껏 읽고 난 뒤에 말한다.

"여기에 당신이 설명한 역사적인 부분이 조금 적혀 있어요. 충분하지는 않지만 그래도 흰 표지판보다는 낫군요. 당신이 얘기해주지 않았으면 전혀 모르고 단순 성매매 사건만 생각했겠지요. 고마워요."

일본의 침략과 아시아에서 일어난 2차 대전에 대해서 다시 장황하게 설명해주었다.

"아니, 그렇게 깊은 역사적 이야기가 이 소녀상에 얽혀 있다니,

보통 사람들은 잘 모르겠네요. 이 소녀상 표지만으론."

그러면서 앤서니는 '어느 나라나 참 슬픈 제도적 희생자들이 있었다'고 어두운 얼굴로 말끝을 흐린다. 그는 아직 젊지만 그의 선조들이 흑인으로서 희생당한 과거를 회상하는 듯했다.

저녁에 영어판 지역 신문에 소녀상 제막식에 대한 기사가 나왔다. 기사 밑에 쓰여진 댓글이 가관이었다. '위안부가 자발적 창녀'라는 일본 영사의 망언은 많은 한국인들이 망언이라고 생각하겠지만, 기사 밑에 달린 일본인들의 댓글은 너무나 논리적이고 조리가 있어서 해박한 역사적 지식과 우리 문화에 대한 이해가 없으면 설득력 있게 반박하기 어려울 정도였다. 더구나 한국인이 아닌 서양인들이 보면 그 길게 쓴 왜곡된 댓글들을 거의 믿게 될 것 같았다.

젊은이들은 영어는 잘하지만 자세한 역사적 사실을 모르고, 어른들은 젊은이들보다 한국의 역사 그리고 문화를 잘 알지만 영어 댓글에 반박할 만큼 영어가 유창하지 않고 또 대부분 일상생활에 얽매이다 보니 일본에 맞서 반박할 열정이나 시간도 없다. 이런저런 이유로 일본인들의 치밀하고 논리정연한 변명과 역사 왜곡은 계속되어 간다.

왜곡된 역사를 바로잡기 위해 우리 세대와 젊은 세대들이 가야 할 긴 여정을 생각하면 마음이 무겁기만 하다.

저녁에 미국인 남편도 언론에서 하도 떠들어서인지 한마디한다.

"그 소녀상, 논란의 여지가 많은 거라며?"

난 흥분하여

"일본의 일방적 역사 왜곡이야. 그들은 스스로의 잔학사를 받아들이지 못하겠지. 그들은 우리나라를 36년간 침략 강탈해서 조상들을 괴롭혔어. 난 어릴 때 천인공노할 일본의 잔학한 행위를 직접 듣고 자랐어."

"아, 그래? 36년이나?"

남편도 어릴 때 기억을 되살린다.

"사실 내가 어렸을 때 옆집에 사시던 할아버지가 2차 대전에 참전하셨어. 그는 일본을 무척이나 미워했지. 그러나 대부분 미국인들은 그런 할아버지의 목격담보다 일단 경제적으로 잘살고 보자고 생각했고 일본과의 거래를 우선시했어. 그리고 2차 대전에 참전한 분들이 돌아가신 후에는 거의 모든 미국인들이 일본의 만행을 잊어버리거나 잘 모르고 있지. 세월이 흘러 그 전쟁의 역사도 대부분 사람들의 기억 속에서 거의 사라져버렸지."

남편의 이야기를 들으면서 우리의 다음 세대가 일본이 왜곡하고 있는 역사를 바로잡기 위해 열정을 가지고 좀 더 깊이 있게 역사를 공부할 수 있기를 바란다.

한국과 미국의 몇몇 민간인들이 함께한 블랙번의 소녀상 제막 과정에서 보여주었던 것처럼 일본의 2차 대전 잔학사의 진실을 알리는 데 정부와 기업도 같이 노력할 수 있기를 기대해본다.

(2017. 7. 2)

덧붙임 설치 장소에 대한 논란 끝에, 두 달 후인 9월 9일 애틀랜타 평화의 소녀상은 더 넓고 전망이 좋은 블랙번 메인 공원으로 이전 안착하였다.

사십삼만칠천

사십삼만칠천(437,000)이라는 숫자는 금액도 아니고 복권 숫자도 아니며 10년 동안 탄 한국산 기아자동차 세도나 계기판에 표시된 주행 거리다. 이렇게 주행거리가 긴 자동차는 내가 태어나서 처음 본다. 기아 세도나는 SUV 스타일로 침대나 소파 같은 비교적 큰 물건들을 운반할 때 특히 유용하게 쓸 수 있다.

1980년대부터 나는 '기아차동차는 견고하게 잘 만들어져서 고장이 드물다'는 말을 주위 사람들로부터 자주 들어왔다. 그 당시 독일 자동차의 우수성을 연구하기 위해, 많은 젊은 기아자동차 연구진들이 독일로 파견되었다. 오늘 내 눈으로 직접 확인한 이 놀라운 주행거리는 앨라배마 몽고메리에서 바비큐 식당을 운영하시는 분이 운전하는 상용차의 수치이다. 그는 지금도 90마일 이상 속도로 달려도 매끄럽게 잘 나간다"고 자랑하신다.

그러나 1980~90년대 한국에서는 나를 포함해서 주위 사람들은 다들 국산차를 구입하면 5년 타다가 새 차로 바꾸곤 했다. 5년 이상 된 그 많은 국산차들은 그 당시 자동차 수요가 엄청났던 중국으로 인기리에 수출되었다. 다른 한편 1990년대 미국의 젊은이들은 경제적 이유도 있었지만 하나같이 주행거리가 길고 오래된 일본 차를 많이 타고 다녔다. 일본 차는 질적으로 성능이 우수해서 그 당시 인기가 최고였다.

처음 미국으로 유학 와서, 나도 85,000마일을 탄 10년 된 토요타 캠리를 어느 유학생으로부터 3천 달러에 구입한 경험이 있다. 1986년에 제작된 캠리의 성능이 너무 환상적이어서, 나는 그때부터 토요타 마니아가 되었다. 쭉 뻗은 도로에서 속도를 내서 달릴수록 더 매끄럽고 조용하고 안정감 있게 잘 나아가는 캠리의 운전감은 지금도 잊을 수가 없다. 국산차로 느껴보지 못했던 최상의 유연함을 만끽하며 고속도로에서 달리는 것이 또 하나의 즐거움이 되었다. 몇 년 후 그 캠리가 145,000마일이 되었을 때 1,500달러를 받고 또다시 중고차 매장에 팔 수 있었던 것도 놀라웠다.

자동차뿐만 아니라, 1970년대부터 20~30년간 조지아 주의 경제에 일본이 기여한 정도는 자타가 공인하고 있다. 내가 아는 지인과 그 친척들을 포함하여 많은 미국인들이 이 지역에 있는 수많은 일본 회사에서 일했으며, 한국인들과 달리 미국인들은 일본 경제가 그들을 먹여 살려준다고 감사해했다.

예를 들면, 1990년대에 조지아 주의 교육정책 문제로 교육감들을 대상으로 논문 설문지를 만들어 돌리면서 한 카운티 교육감을 만났는데, 그 교육감이 건네준 명함 뒷면이 일본어로 채워져 있었다. 그는 아주 친절하게 일본어를 곁들여 인사하면서 나를 최고의 고객을 대하듯이 안내하고 도와주었다. 나를 일본인으로 오해했던 것이다. 일본이 동양인에 대한 긍정적인 이미지를 만들어놓은 것이 반갑기도 한 반면, 우리나라의 힘이 형편없고 열악함에 기분이 상하기도 했다.

그렇지만 21세기에는 기아 세도나처럼 우리나라에서 생산된 제품이 일본을 앞질러 세계적 수준으로 우뚝 선 것을 여러 방면에서 확인할 수 있다. 그렇게 번성했던 많은 일본 회사들이 문을 닫고 있지만 자동차뿐만 아니라 미국의 각 교실과 가정에서 쉽게 볼 수 있는 텔레비전이나, 대부분의 학생들 손에 쥐어져 있는 안드로이드 휴대 전화기로 한국의 현주소를 실감할 수 있다.

이민 40년차인 지인은 다른 회사 차를 사용하니 너무 고장이 자주 나서 고치다 보니 자동차에 대한 지식이 늘었다고 농담을 한다. 그리고 1994년부터는 현대 엘란트라를 타고 다니는데 고장이 안 나서 예전에 쌓았던 자동차 지식을 사용할 필요가 없어 이젠 다 까먹었다는 것이다. 현대 쏘나타를 20만 마일까지 운전했는데도 아무 이상이 없단다. 이렇게 한국의 자동차들이 외양의 세련미, 내부의 편리함에 더해 이제 성능과 질을 세계적 수준으로 올린 것 같아 무척 놀랍고 흐뭇하다.

이런 질적 우수함을 이미 알고 조지아 주 지사 네이선 딜(Nathan Deal)은 조지아의 모든 관용 차량을 기아차로 바꾸도록 공식 발표했다는 것이다. 예전의 나처럼 혼다 토요타의 마니아였던 미국인 지인도 얼마 전에 기아차를 사려고 딜러를 찾았는데 몇 개월 기다려야 한다고 해서 난감해했다고 한다. 이제 미국에서는 기아와 현대가 최고의 자동차로 자리매김한 것 같다.

(2016. 1. 15)

아름다운 사람들

그는 말이 없다. 배우처럼 잘생기지도 않았다. 잘 웃지도 않는다. 그저 주어진 상황에서 열심히 일할 뿐이다. 그는 내 애마를 검사하고는 위험한 상황이 아니면 필요 이상의 이윤을 추구하기 위해서 충고하지 않는다. 다른 곳에 비하면 반값밖에 받지 않는다. 그의 고객은 거의 모두가 단골이다. 오늘 방문한 외국인 여성도 나와 같이 장시간 운전을 해서 정기적으로 찾아오는 고객 중의 하나다. 나처럼 20년이나 된 고객이 많다. 기계치인 여성들뿐만 아니라 기계를 좀 아는 사람들도 좋은 서비스에 최소의 비용으로 정성껏 그들의 애마를 돌보아준다는 점에서 일단 그를 찾아오면 그에게 완전 신뢰를 보낸다. 난 그를 '아름다운 분'이라고 생각해왔다. 20년이 지난 지금도 그는 예나 지금이나 변함없는 태도로 그저 묵묵히 문제 있는 애마들을 바른 양심에 따라 정성껏 돌보아준다.

내가 그를 처음 만난 것은 1997년 처음 미국에 유학 와서이다.

아는 이 하나 없는 조지아에서 10년 된 토요타 캠리를 타고 다녔는데 모든 것이 새로운 상황에서 자동차까지 문제가 있을 땐 그야말로 난감하기 그지없다. 다른 여러 곳의 기술자들이 '다른 차를 사라' 혹은 '차 값보다 고치는 값이 더 많이 든다'는 식으로 충고해서 당황스럽고 난감했는데 그분은 최소의 비용으로 정말 위험한 부분만 골라서 고쳐주고는 그냥 타고 다니라고 했다. 그 후 몇 년이나 특별한 문제 없이 잘 타고 다녔다. 그는 모든 손님에게 똑같이 양심적으로 충고하고 도와주니 모든 이들이 신뢰하고 존경했다. 지난 불황기에도 미국의 다른 많은 사업체들이 문을 닫아도 도라빌에 있는 그의 사업체 OK만은 바쁘게 돌아가고 있었다.

사업하는 이들이 양심을 속여 기계치인 여성들에게 10달러짜리 수리를 해주고는 100달러, 심지어 1천 달러를 받는 경우도 보았기에 그는 더욱 아름다워 보인다. 심지어 보험회사와 담합해서 고객들을 우롱하는 여러 사업체가 발각되어 언론을 장식하는 경우도 여러 번 있었다. 그 유명한 월스트리트의 부자들에 대한 지난 몇 년의 강도 높은 언론의 비난은 이런 차원이었지 않나 싶다.

식당에서 일하는 근로자들은 어렵게 사는데 주인이나 매니저들은 화려하게 산다. 그리고 그들은 불쌍한 이들을 돕는다고 복지기관에 기부하면서 기업의 선한 이미지를 높이고 세금 혜택을 받는다. 두 마리 토끼를 잡는 셈이다. 가까이 있는 이들에겐 후하지 못하면서 복지기관에 기부하여 세금 혜택을 받는 이런 이율배반적인 현상을 우리 사회에서 많이 볼 수 있다.

원유 1배럴에 100달러가 넘을 땐 항공사들이 경영난을 이유로 일제히 항공료를 올리면서 '유료할증료'라고 인상을 정당화했다. 최근엔 원유가가 반값 이하로 떨어져 장기간 바닥을 치고 있어도 항공료는 거의 내리지 않는다. 대다수의 이용객들은 대답 없는 불만만 허공에 날린다.

5년 전, 기독실업인협회(CBMC: Christian Business Marketplace Connection)*를 우연히 알게 되었다. 기독교와 실업인은 잘 안 어울리는, 즉 이율배반적인 것 같은데 어떻게 참된 기독교인으로서 기업하며 살아갈 수 있을까 아주 궁금해했다. 다시 말하면, 자신을 포기하는 예수님의 사랑과 타인으로부터 이윤을 창출하기 위해 타인의 것을 가져야 하는 행위가 서로 이율배반이라는 측면에서 이 모임에 대해 강한 호기심이 생겼다. 결론은 모임의 회원들은 성경적으로 살려고 노력한다는 점에서 믿지 않은 사람들보다 낫다는 것이다.

칙필레(Chick-fil-A)는 미국의 유명한 치킨버거 체인이다. 매일 아침, 수많은 미국인들이 칙필레의 드라이브 스루에 긴 줄을 선다. 그 유명한 칙필레의 사장이 우리 동네에 살아서 가끔씩 그가 도로를 운전하는 모습도 볼 수 있고, 그에 대한 여러 가지 일화들이 들린다. 일반적으로 식당은 일요일마다 고객들로 북새통을 이룬다. 난 일요일마다 예배 후 식당에서 남편과 한 시간 이상 긴 줄을 서

---

* 실업인과 전문직 종사자들에게 복음을 전하는 국제적 공동체.

야 하는 진풍경에 처음에는 적응하기 무척 힘들었다. 일요일은 다른 날보다 가격도 훨씬 더 비싸다. 일요일만 문을 열어 다른 날 매상을 메우는 식당도 많다. 그러나 칙필레 식당은 일요일만 문을 닫는다. 일요일에 쉬어서 장사를 망치는 것이 아니라 도리어 장사가 몇 배로 더 잘된다. 칙필레는 깨끗함과 최소의 이윤, 최고의 서비스로 다른 업체와 차별화한다.

OK나 칙필레처럼 낮은 자세와 바른 양심으로 정성껏 고객을 받아들이는 아름다운 사람들 때문에, 그리고 그런 사람들이 고객의 한마디 한마디를 허공에서 사라지지 않게 하기에 이 혼란스런 사회가 조금이나마 정화되는 것 같다.

(2016. 3. 23)

정인수 목사님과 이민교회

페이스북을 통해 전해 받은 정인수 목사님의 갑작스런 소천 소식은 처음엔 너무 황당해서 믿기지 않았다. 그렇게 건강하시고 활기차게 거의 매일 좋은 소식을 한인 사회에 전해주시던 분이 갑자기 돌아가시다니 지금도 실감이 나지 않는다.

그의 지도력은 재미 한국 기독교인들과 지도자들을 단합시켜 힘든 이민 생활에도 꿋꿋이 살아갈 수 있도록 그리고 개개인의 신앙이 흔들리지 않고 유지될 수 있도록 하는 데 큰 힘이 되어왔다. 특히 최근에 다른 대형 교회가 여러 가지 불미스런 일들로 잡음을 일으켰지만 그의 지도력 영향권에 있는 교회에서는 그런 일이 없었다. 큰 발자취를 남긴 정인수 목사님은 더 높은 곳에서 이곳을 지켜주시리라 믿는다.

정인수 목사님와 같은 이민교회의 목회자들은 한국에 있는 목회자들과 그 역할이 사뭇 다르다는 것을 필자는 유학 생활을 통해서 많이 배웠다. 미국의 한국 이민 사회에 존재하는 한국 교회와 기독교는 지역 주민들과 다른 매우 독특한 문화를 형성하며 지역사회에 깊이 뿌리내려 있다. 필자는 그것이 한글과 영어의 현저한 차이에서 유래한다고 생각한다.

한글 구조는 우리의 유교 문화만큼이나 독특하고, 일본어나 중국어 구조에 비해 영어 구조와 너무나 달라서 한국인들에겐 영어 배우기가 다른 민족에 비해 여간 힘들지 않다. 그래서 한국전쟁 후에 이민 온 많은 한국인들은 언어의 장벽에 막혀 미국 문화에 적응하기 어려워했다. 그들은 한국 교회와 목회자들을 찾아 신앙도 키우고 어려움도 동시에 해결했던 것 같다.

필자가 태어나기도 전에 미국에 이민 온 한 여성이 있다. 그분은 결혼 초 남편과 마찰을 빚은 후 남편에게 자기 감정을 표현하고 싶은데 무슨 말을 해야 하는지 몰라서, 교회 식구들로부터 배워 종이에 적어 왔는데 외워도 잊어버리니 벽에다 적어놓았다. 남편이 직장에서 돌아오자마자 영어로 하고 싶은 말을 했더니 남편이 휘둥그래지더란다. 그 에피소드를 들었을 때 현재 그녀의 안락한 가정이 그냥 이루어진 게 아니었으며 이민교회가 이민자들에게 얼마나 중요한 역할을 했는지 짐작이 갔다. 이렇게 이민교회와 목회자들은 이민자들의 사소한 일들에 대해서까지 같이 웃고 울어주는 공동체를 형성해왔다.

지금도 언어와 문화의 차이로 힘들어하는 이민자들이 쉽게 믿고 찾아 도움을 받을 수 있는 곳이 이민교회이고 목사님이다. 목사님들은 일반인들과 달리 적어도 성경대로 바른 삶을 살려고 노력하고 사회의 모범이 되려고 하는 자세를 가진다는 것을 믿기에 많은 이민자들이 크게 의심하지 않고 쉽게 마음의 문을 열고 상담하고 도움을 요청한다.

몇 년 전 아이 교육 문제로 미국에 이주해 온 한 가정이 있었다. 영어가 전혀 안 되었지만 아이들을 학교에 입학시키고 잘 다니게 할 수 있었던 데에는 목사님 가족과 교회의 힘이 아주 컸다. 부모는 영어를 전혀 구사할 수 없어서, 심지어 학교에서 일어난 아이들의 분쟁 문제도 목사님이 부모님 대신 나서서 해결사로 활약했다. 이렇게 교회와 목회자들이 미국의 언어와 문화에 익숙하지 않은 이민자 가족을 돌보며 사소한 아이들의 학교 문제에서 이민 사회의 큰 행사 같은 일까지 챙기는 광경은 다른 민족의 이민 사회에서는 볼 수 없는 일이다. 공동체를 중시하는 한국의 유교 문화와 잘 어우러진, 한국 이민 사회의 아주 독특하고 긍정적인 '한국적 기독교 문화'인 것이다.

가끔씩 교회가 정치적으로 이용되어 눈살을 찌푸리게 하는 경우도 있지만, 힘들어하는 이민자들을 위해 사회의 문제에 지역주민들의 목소리를 대신해왔듯이 이민 사회의 한국 교회와 목사님들은 종교를 넘어서 직간접적으로 '한가족'처럼 서로 밀고 당기면서 이민 사회에 깊게 뿌리를 내리고 있다. 다시 말하면 한국 이민 사회의 성공에는 '작은 교회' 단위로 생겨나는 소공동체와 목회자들의 직 간접적인 힘이 아주 지대하다고 본다.

오늘 "교인들은 오해할 권리가 있지만 목회자들은 변명할 기회도 없다"는 정인수 목사님의 말씀을 기억하면서 목회자들의 노고에 감사의 마음을 전한다. 비록 영적으로 깊은 진정한 신앙인들이 소수일지라도 힘들고 외로운 많은 이민자들의 삶에 직간접적인 힘이 되고 활력소가 되어지는 교회 공동체와 그 공동체를 이끄는 목회자님들께 감사한다. 정인수 목사님, 하늘나라에서 영원한 평화 누리시리라 믿습니다. 감사합니다.

(2016. 4. 17)

에모리 박사님

J는 에모리에서 박사님으로 통한다. 에모리에서 일하는 분들이 뭔가를 질문하면 모르는 것 없이 대답해주고 도와주는 해박한 지식과 지혜의 소유자이다. 애틀랜타 사립 에모리대학 시설 관리 엔지니어 쪽에서는 그가 최고의 기술자이다. 그런데 명문 사립대학인 에모리도 관리 면에서 어두운 구석이 있는 것 같다. 네 번이나 되는 승진 기회에서 그의 이름이 빠져버렸으니 말이다. 그러나 그는 유교 정신을 이어받은 한국인답게 대학의 결정에 묵묵히 따른다. 다른 인종 같았으면 벌써 몇 번이나 인종차별로 법정에서 수백만 달러(대기업의 인종차별 건은 기본이 백만 달러인 것을 보아왔다)을 받고 에모리대학의 명예도 실추되었을 것이다.

내가 J를 처음 만난 것은 가톨릭 모임에서였다. 그는 가톨릭의 지도자로서 많은 일을 하고 계셨다. 사실, 그는 부인과 함께 1980년대 초반에 여기 애틀랜타로 이주해서 직장 생활을 해온 몇 안 되는 애틀랜타 한인 사회의 산 증인이다. 한마디로 미국 내 한인 커뮤니티의 살아 있는 역사이며 터줏대감인 셈이다. 필자가 사는 애틀랜타 남쪽의 신도시 피치트리시티(Peachtree City)가 조성될 초기에 도시 도안 설비 계획에도 참여했던, 엔지니어 쪽에선 미국 사회도 인정하는 분이다.

그는 한국에서 열 손가락 안에 드는 최고의 명문 고등학교를 졸업하고 대학에선 엔지니어 분야를 전공한 뒤 아름답고 지적인 부인과 함께 미국으로 이주하여 사업을 하시다가 실패하고 다시 공부하여, 지금은 대학의 설비 쪽 엔지니어로 성실하게 일하고 계시는, 에모리를 사랑하는 에모리 가족이다.

또한 앞에서 말로만 떠들지 않고 행동으로 보여주는 애국자이시다. 이민 초기부터 지금까지 어려운 한인들을 도와왔을 뿐 아니라 한국의 기업을 생각하여 지금까지 현대 차만 구매하여 타고 다니시며 한국이 만든 자동차가 성능이 우수하고 편리하다고 이웃 미국 시민들에게 알리는 데 열심이신, 믿음직한 민간 외교관으로서의 역할도 톡톡이 하고 계신다. 그는 80년대 초 한인들이 드물던 남부 애틀랜타로 이주하여 한인 커뮤니티를 형성시킨 몇 분 안 되는 초창기 멤버이지만, 요란스럽지 않게 그리고 본인을 과시하지도 않고 조용히 미국 사회에 스며들어 미국인들과 동등하게 이 사회를 구성하는 시민으로서 한국인의 자존심을 심어주고 있다.

그래서 필자는 그의 직장 리더로서 필요충분조건을 다시 정리해보고자 한다.

첫째, 그는 세 아들의 아버지로서, 그리고 부인의 남편으로서 세세하게 가정을 잘 이끌어 젊은이들에게 모범적 삶을 보여주며 자녀들도 부모님의 근면한 생활 모습을 닮아 이제 의료계에서 미국 시민의 건강을 위해 헌신하고 있다.

둘째, 그는 나이 드신 다른 이주자들과 달리 영어를 잘하신다. 유창한 영어로 직장 동료들에게 유머를 사용하며 재미있게 이야기하고 동료들을 도와주며 잘 지낸다.

셋째, 그는 부지런하여 제일 먼저 출근하여 일터의 일정을 꼼꼼하게 체크하고 에모리대학 가족이 불편하지 않도록 최선을 다하며 무슨 일이든 긍정적인 마음으로 생각하고 실천한다. 예를 들면, 그가 다쳐서 치료받고 한 달 만에 돌아오니 오랫동안 사용하던 캠퍼스 차량이 다른 이에게 넘어갔다. 그래서 그는 매일 넓은 캠퍼스를 걸어다녀야 했다. 처음에는 불편했지만 참고 먼 거리를 걸어서 다니다 보니 다쳐서 아픈 몸이 아주 빨리 완쾌되었다며 감사의 기도를 올리며 생활한다. 부정적인 상황을 긍정의 힘으로 바꾸는, 우리 젊은이들에게 모범적 삶을 보여주시는 분이다.

다섯째, 그는 엔지니어 분야에서는 모르는 것이 없는 해박한 지식과 기술을 겸비한 분이다. 승진 시험에서 아무도 할 수 없었던 만점을 받았으니 말이다.

이런 분이 이해하지 못할 이유로 승진 명단에서 매번 빠졌지만 아직까지 충성스럽게 근무하고 계시다는 것은 에모리대학의 행운이다. 이분처럼 지금도 북미 대륙 어느 낯선 구석에서 미국, 중국,

그리고 일본의 틈바구니에서 살아온 금싸라기 한반도 땅의 긴 역사와 특유한 문화유산인 유교 정신을 바탕으로 오늘도 말없이 묵묵히 일하시는 대한민국의 모든 아들 딸들, 진정한 민간 외교관'들에게 파이팅을 보낸다.

(2016. 8. 24)

에어쇼

내가 사는 작은 동네에는 소형 비행장이 있다. 매년 이 비행장에서는 에어쇼(air show)가 열린다. 이 지역의 하나의 볼거리로 매년 많은 방문객들이 표를 사서 몰려든다. 그런데 에어쇼 몇 주 전부터 비행 연습을 하는데 가끔 고막을 찌를 듯이 소음이 심해서 불편할 때가 많다. 이 동네 주민들은 연례행사라 생각하는지 별로 개의치 않는 것 같다. 몇 년 전부터는 비행 교육 프로그램이 생겨 학생들이 연습 비행하는 소음을 더 자주 듣는다. 가끔 지나친 소음과 함께 지독한 화약 냄새가 나서 머리가 아플 때도 있다. 고도 제한도 안 지키는지 종종 지붕 바로 위로 지나가는 듯한 느낌이 들 정도로 소음이 크다.

1970년대, 내가 아주 어렸을 때, 전쟁이 끝난 지 10년이 훨씬 지났는데도 시골 우리 동네 앞 강가에서 에어쇼가 열렸다. 참전한 사람들로부터 한국전쟁 이야기를 들었기에 어린 나에겐 우리와 다른 모습인 서양인은 구세주 같았고 그들의 장갑차와 에어쇼는 듬직하고 믿음직스러웠다. 그렇지만 그 시절 우리 사회에는 비행기의 소음과 훈련하는 군인들의 모습으로 긴장감이 존재했다.

장갑차로 이동하는 군인들과 전시 대비 훈련차 소음과 함께 하늘을 날아다니는 공군 비행기가 자주 목격되었다. 즉 한국전쟁의 후유증으로 남한은 철저한 비상 전시 대비 상태였고, 6 · 25 같은 남침에 더 이상 무방비 상태로 있지 않겠다는 사회 전반적인 동의가 있었다. 일반인들에게는 민방위 교육과 훈련, 어린이들에겐 반공 교육과 훈련, 국군에게는 모의 전시 훈련 등등 우리 사회는 늘 북한의 또 다른 남침에 대비한 초긴장 상태였다. 여자고등학교의 '교련' 과목도 이런 사회 분위기의 연장선상에서 전시 체제의 일환으로 군사훈련과 간호교육을 하는 것이었다.

전쟁 참가자들의 증언에 의하면 마지막 전선, 즉 우리 동네 부근인 부산만 남겨놓고 북한군과 싸워야 했던 아버지를 포함해서 남한 군인들은 마지막 남은 한반도의 땅조각인 부산을 보호하기 위해 피비린내나는 전투에 투입되었다. 우리 고향에 인접지역에서 벌어진 영천 형산강 전투는 그야말로 투입되면 죽는다는 죽음의 전장이었다. 강제 징집된 우리 마을 청년들은 1주일 훈련받고 익숙하지 않던 총을 받아 전쟁터에서 싸워야 했다. 거의 모든 청년들은 전장에서 죽거나 부상을 당해 평생을 전쟁의 멍에를 지고 살아가야 했다. 아버지도 북한군이 쏜 총탄에 맞아 쓰러졌지만 구사일

생으로 목숨을 구해서 가족을 다시 만날 수 있었다. 그래서 나에겐 외계인처럼 보인 서양 군인은 부산까지 밀리던 우리 군이 다시 서울을 탈환하고 만주까지 쳐 올라갈 수 있도록 도와준 구세주나 다름없었다.

2차 대전과 6 · 25, 두 번의 전쟁으로 우리나라는 말로 표현할 수 없을 정도로 너무나 피폐해졌다. 먹을 것도 입을 것도 충분하지 않아서 서양으로부터 여러 가지 도움을 받았다. 특히 기독교 선교사의 역할이 컸는데 서양인들이 전해준 기독교는 그때 쉽게 그리고 많이 퍼져서 우리의 전통 종교인 유교적 불교를 신봉하던 아버지도 매일 성경을 읽는 새로운 습관을 가지다가 결국은 목회자가 되어 남을 돕는 일에 매진하게 되었다.

고인이 되신 어머니는 생전에 21세기의 대한민국을 보고 "이제 죽어도 한이 없다. 이렇게 우리나라가 남을 도와줄 정도의 강국이 되었으니 꿈도 못 꾸던 일이다"라고 늘 말씀하셨다. 이제 우리는 개인적으로 그리고 국가적으로 지구의 다른 쪽에서 굶주리고 있는 사람들에게 도움을 주고 있다.

또 한국인들이 한국전쟁 참전 미군에게 후원금과 감사패를 전하는 것을 자주 본다. 최근엔 한국전쟁 참전 군인 후손들에게까지 장학금을 주는 행사가 있었는데 80~90대가 된 한국전 참전 군인 할아버지들이 '대학생이 된 손자 손녀들의 손을 잡고 한국인이 주는 장학금을 받는 모습은 나에겐 눈시울을 적시는 감동이었다.

지금 하늘에서 벌어지는 에어쇼가 이 지구상에서 '쇼(재미나는 볼거리)'로만 끝나기를 바라면서……

(2016. 6. 10)

행복의 다른 쪽 문을 여는 사람들

미국에서 살다 보면 나의 발이나 다름없는 자동차에 문제가 생겼을 때 참으로 당혹스럽다. 한번은 자동차에 문제가 생겨 이웃집 차에 동승을 부탁하게 되었다. 그분이 우리 집 앞에서 나를 기다리고 있는데, 뒷좌석에는 젊고 아름다운 여자분이 래브라도 리트리버종 개 한 마리를 데리고 앉아 있었다. 알고 보니 그녀는 10여 년 이상 간호사로 근무하다가 최근 시력이 나빠져 결국 중도실명자가 되었고 안내견으로 래브라도 리트리버를 데리고 다니고 있었다. 가족과 친구들, 이웃의 도움으로 장애를 극복하려고 노력하고 있으며 여생을 시각장애인을 위해서 일할 거라고 했다. 이웃 분은 거의 매일 그녀를 태워준다고 했다.

내가 아는 지인의 젊은 친구도 최근에 중도실명으로 크나큰 고통을 겪었으나 가족의 도움으로 장애를 극복하려고 하고 있다.

자동차 문제로 곤혹을 치를 때 구세주가 되어준 이웃에게 감사하면서 나머지 인생을 누군가에 의지해서 살아가야 한다는 생각에 가슴이 미어져 중도실명자를 위한 복지 정책과 시설에 대해 알아보았는데, 미국에선 영어를 모르는 한국인들을 위한 복지시설을 찾기 힘들었다.

지난여름 한국 방문 중 택시나 자동차 대신 미국 사회에 흔치 않은 대중버스와 지하철을 이용하기로 했다. 사치스런 생각일지는 몰라도 새로운 시도가 재미있을 것 같아서였다. 어느 날 아침 버스를 타려고 서울 거리를 걸어갔다. 횡단보도를 건너려고 신호를 기다리고 있는데 신호등 바로 옆 전봇대에 붙어 있는 벨이 보였다. 그런데 놀라운 것은 그 벨 위에 시각장애인을 위한 점자가 새겨져 있는 점이었다. 벨을 누르니 신기하게도 '여기는 효자동 사거리입니다'라는 안내와 함께 그 지역에 대한 간단한 정보를 알려주는 목소리가 흘러나왔다. 장애인들을 위한 제도와 시설의 놀라운 변화에 감격하지 않을 수 없었다.

아침 출근 시간에 한 시각장애인이 자신의 목적지를 향해 열심히 걷고 있었다. 군중 속에서도 당당하고 편안한 그의 모습이 빛났다. 그는 어쩌면 며칠 전 내가 만난 중앙행정부 공무원인지도 모른다. 아, 얼마나 자랑스런 대한민국인가? 30년 전 1980년대만 해도 장애인들을 위한 교육, 제도, 복지 시설은 겨우 걸음마 정도였고 주로 미국과 일본의 장애인을 위한 정책, 교육, 제도, 시설 등을 배워 오기에 급급했는데 말이다.

이제 대한민국 어디서나 대중교통 시스템이 너무나 잘 구축되어서 지하철이나 버스를 쉽게 이용할 수 있다. 안내 시스템도 전자화되어 모든 버스의 움직임을 전광판에서 실시간으로 보여줄 뿐만 아니라 버스가 도착하기 전에, 그리고 도착할 때 소리로도 안내해 주니 시청각장애인들도 편리하게 이용할 수 있다. 이제 발전된 복지시설로 시각장애인이나 청각장애인들은 각 부문에서 우리 사회의 일원으로 잘 적응해가고 있는 것 같다.

지인이 운영하는 중복 장애 시설에는 청각과 시각을 모두 잃어버리고 살아가는 분들이 많다. 보이지도 들리지도 않고 말도 못 하는 이들이 장애를 극복하기 위해 지금도 노력하고 있다. 헬렌 켈러의 이야기가 먼 나라 이야기가 아닌 듯하다. 설리번 선생님처럼 중복 장애인들을 도와주는 지인의 경험담을 듣고 있노라면 나 자신이 부끄러워진다. 시각과 청각을 모두 잃어버린 중복 장애인들은 손의 감각을 이용해서 지인의 얼굴을 만지고 서로 인식하고 의사소통도 한다. 이들이 살아가는 일상의 이야기는 가슴 아프기도 하고 장애를 극복하는 그 과정이 존경스럽다 못해 경이롭기까지 하다. 그 지인은 벌써 20여 년간 그 중복 장애인들을 도와주고 있다.

행복의 한쪽 문이 닫히면 다른 쪽 문이 열리며, 세상이 비록 고통으로 가득하더라도 그것을 극복하는 힘 또한 가득하다는 헬렌 켈러의 말처럼 중복 장애인들은 행복의 다른 쪽 문을 향해 매일 자신과 싸우면서 나아가고 있다.

이번 여름 서울 방문 중 그 중복 장애인들에게 전해질 수 있는 작은 내 마음을 자동이체해놓고 태평양을 건너 돌아와 명상의 시간을 가져본다. 미국 50개주 중 1개주의 반도 안 되는 작은 나라 대한민국이지만 적어도 장애인들에겐 더할 나위 없는 좋은 나라인 것 같다. 적어도 그들의 발이 되어주는 편리한 대중 교통수단들이 지척에 있으니 말이다.

(2015. 11. 5)

존엄사냐 살인이냐

존엄사(death with dignity)와 안락사(mercy killing)는 약간의 차이가 있다. 안락사는 '고통스런 불치병이나 신체질환으로 고통을 당하는 사람들을 고통 없이 죽음에 이르게 하는 행위나 처치'를 의미하지만 자연적인 죽음보다 훨씬 이전에 생명을 마감시키며 질병에 의한 죽음이 아니라 인위적인 행위에 의한 죽음까지 포괄한다. 반면에 존엄사는 의학적 치료를 했음에도 죽음이 임박했을 때 무의미한 연명 치료를 중단함으로써 자연적 죽음을 받아들이게 하는 것이다. 즉, 생명 유지에 필수적인 영양 공급, 약물 투여 등을 중단함으로써 죽음에 이르게 하는 것이다. 이를 소극적 안락사라고도한다.

현행 법률과 판례가 '의료진은 환자의 생명을 단 1분이라도 연장하기 위해 최선을 다해야 한다'고 제시하지만 환자의 생명을 중단시키기 위해 약물을 주입하는 적극적 안락사와 인공호흡기를 떼고 심폐소생술을 하지 않는 소극적 안락사를 미국에선 '사전 의사 결정 제도(Advance Directives under Patient Self-Determination Act: PSDA)'로 인정하고 있다. '인간이 스스로 자의에 의해 죽음의 방식을 선택할 권리가 있으며 그 어떤 것도 이를 구속하지 못한다'고 하는 이 사전 의사 결정 제도는 다소 이율배반적이고 좀 혼란스런 결과를 초래할 수도 있다.

오늘 저녁에 한국에서 어린 시절 친구가 '친구야, 예쁜 우리 엄마가 어젯밤에 하늘나라로 가셨다'라는 메시지를 보내왔다. 순간 눈물이 핑 돌고 당장 달려가서 그녀를 위로해주고 싶었다. 한국에서 일할 땐 아무리 멀어도 언제든 달려가서 슬픔이든 기쁨이든 서로 나누고 위로하던 친구다.

정확히 13년 전, 2003년 4월의 일이다. 친구의 어머니는 그때 정년퇴직하시고 딸이 사는 곳을 잠시 방문하셨다가 갑자기 쓰러지셨는데 혼수상태가 되었다. 세 번에 걸친 뇌수술로 그렇게나 미인이시던 어머니의 이마가 보기 흉하게 움푹 들어가버렸다. 그런데도 여전히 무의식 상태가 계속되었고 친구는 어머니를 병원에서 집으로 모시고 와 온갖 정성을 다해 어머니가 깨어나도록 보살폈다. 물론 풀타임 간병인을 고용했지만 혼수상태인 환자를 돌보는 것은 중노동이라 그들은 오래 버티지 못했다. 결국 파격대우, 즉 오전 9시 출근, 오후 5시 퇴근, 주말은 휴무, 그리고 높은 연봉으로 어렵사리 어머니 곁에 간병인을 둘 수 있었다. 저녁과 주말에는 학교

일을 끝낸 친구가 항상 어머니 옆에서 간병을 했다.

친구의 간병은 그야말로 감동적이었다. 의식 없는 어머니를 의식 있는 사람을 대하듯 대화했다. 예를 들어 내가 전화하면, "엄마, 내 친구야, 알지? 그 미국 유학한 친구"라고 말하면서 나에게도 어머니와 대화해보라고 했고, 나도 "어머니 안녕하세요? 좀 어떠세요?"라고 인사드리면서 무반응인 어머니였지만 그 친구가 평소에 하던 대로 대화를 이어갔다. 이렇게 1년이 지나도 친구는 포기하지 않고 직장 가기 전에 그리고 돌아와서 어머니를 포옹하고 키스하면서 인사하고 저녁엔 직장에서 있었던 일들을 어머니에게 자세히 들려주었다. 어머니를 일으킬 때도 몸을 닦아드릴 때도 갓난 아기 다루듯이 진정한 사랑으로 정성스럽고 부드럽게 대했다.

2년이 지난 2005년, 주위 사람들의 희망도 조금씩 사라지는 것 같았다. 딸이 아니면 이런 간호도 어려울 거라며 친구는 포기하지 않고 정성껏 어머니를 간호했다.

2006년 2월, 혼수상태로 3년을 침상에서 보낸 어머니에게 기적이 일어났다. 깨어나서 일어나신 것이다. 책도 읽으시고 식사도 하시고 약해진 다리 때문에 휠체어를 이용하시지만 행복해 보였다. 2015년 9월, 내가 한국을 방문했을 때 어머님은 농담 섞어 영어로 인사를 하시면서 반갑게 맞아주셨다.

13년 전에 그분에게 생명 유지에 필요한 기구들을 떼어버렸다면 존엄사일까, 아님 살인이라고 해야 할까? 내 조카도 초등학생 때 가족여행 중 교통사고를 당해 1년간 혼수상태였다. 그러나 아이

어머니가 곁에서 회복을 기원하며 보살폈고, 1년 후에 다시 깨어나서 건강해졌다. 조카는 지금 두 아이의 엄마다.

인체의 신비를 대할 때마다 난 고등학교 시절 너무나 아는 것이 많았던 '천재' 물리 선생님 말씀이 생각난다. "우리가 배우거나 알고 있는 모든 지식은 이 우주의 먼지 즉 점과 같은 아주 작은 부분일 뿐이다." 존엄사 문제는 인간 의술의 한계를 생각하고 윤리 도덕적 문제를 고려하여 아주 신중히 다루어져야 할 것이다. 움직이는 모든 생명, 심지어 식물과 미물조차도 그 생명은 소중하고 존중되어야 한다는 것을 우린 늘 염두에 둬야 할 것 같다.

(2016. 2. 24)

라면

난 어릴 때부터 밀가루 음식을 많이 먹어서인지 밀가루 음식을 좋아하지 않는다. 밀가루 음식을 보면 어려웠던 날들이 다시 돌아올 것 같은 느낌이다. 전쟁 후유증을 오랫동안 앓던 1970년대 우리 사회의 어둡던 생활상, 조금씩 잊혀가던 그 시절의 기억이 밀가루 음식에 오버랩되어 다시 나타난다. 밀가루가 주식인 미국에 살면서도 이런 종류의 음식은 거의 먹지 않는다.

20여 년 전 유학을 생각했을 때, 그런 나에게 대학 동창이 심히 걱정하면서 말했다. "애, 너 어떻게 미국에서 유학 생활을 하려고 그래? 거긴 주식이 밀가루 음식인 빵인데 말이야."

사실 그랬다. 학교 기숙사 생활에서도 가장 큰 고역이 식사 문제였다. 빵 대신 아주 맛없어 보이는 미국식 밥을 채소랑 곁들여 먹곤 했다. 가끔 햄버거를 쓴 약 먹듯이 빵 한 입 베어 물 때마다 물 한 모금으로 겨우 목구멍으로 밀어 넣듯이 그렇게 먹었다. 그렇지만 인간의 환경 적응력은 놀라웠다. 처음엔 쓴 약을 먹듯 괴로운 것이었는데 이젠 그냥 맛없는 약 정도가 되었다. 나와 밀가루와의 공존은 그렇게 이어져갔다.

빵과 마찬가지로 라면도 별로 좋아하지 않은 것 중의 하나이다. 아이러니하게도 유학 중에 미국인 남편을 만나면서 라면을 좀 더 가까이 하게 되었다. 내가 별로 좋아하지 않은 라면을 남편은 매콤하고 시원한 특이한 맛에 밀가루라는 그들의 주식이 들어가서인지 맛있게 먹는다. 처음엔 눈물을 흘리면서 라면 한 입 먹을 때마다 물 한 모금을 마셔서 매운 맛에 놀란 입술을 진정시켜가면서 한국 서민의 맛을 즐겼다.

라면을 무척 좋아하는 남편인지라 기분이 안 좋은 날 라면을 끓여주면 아주 감사해한다. 별것 아닌 라면에 행복해하는 그가 참 우습기도 하고 신기하기도 하다. 오늘 저녁에도 퇴근 후 피곤과 스트레스에 지쳐 있던 그에게 따끈하고 매운 라면이 기분을 전환시킨 것 같다. 몹시 추운 저녁인데 평소 나의 일이던 강아지 산책을 자진해서 맡았다. 그는 한국의 가난한 서민의 애환이 녹아 있는 라면을 어린아이들처럼 낭만이 깃든 추억의 음식으로 여기며 라면의 이야기를 계속 엮어간다.

『음식문화의 수수께끼』의 저자 마빈 해리스 교수는 한 민족의 음식 문화를 이해하면 그 다름을 이해하는 데 도움이 된다고 역설한다. 다시 말하면 그 민족의 생활문화가 그들의 음식문화를 이끌어왔다는 것이다. 심지어 단백질 섭취가 필요한 여름에 복날을 정해서 쇠고기는 귀하니까 대신 개고기나 닭고기를 먹었던 것도 생활문화에서 비롯된 삶의 한 방편이었다고 기록하고 있다.

음식문화를 통해 다른 민족이 우리 민족을 더 잘 이해할 수 있듯이 밀가루 음식이 나에게는 60년대 전쟁 후유증을 상기시키는 음식이기에 남편이 맛있게 먹는 것을 지켜만 보고 있는 이유를 남편도 언젠가는 이해하리라.

(2014. 1. 9)

P의 비밀

P는 나보다 2년 연상이었다. 그녀는 미인이었고 명문대학을 나온 수재에 성격도 좋아 인기가 많은 전문직 여성이었다. 내가 오랫동안 근무한 교직을 그만두는 문제를 두고 머뭇거릴 때 그녀는 명쾌하게 명퇴의 결정을 내리고 유학의 길을 심각하게 생각하는 듯했다. 그 후 나도 비슷한 이유로 퇴직했다. 그러나 P는 심하지 않았지만 건강상의 문제로 당분간 치료를 받아야 했다. 그러면서도 그녀는 나의 안부를 늘 궁금해하며 연락을 해왔다. 비록 그녀가 2년 연상이었지만 과거 김대중 대통령 시절 공무원 연금법 개정으로 교직 공무원 연금 개정법 세대에 해당되었던 내가 받는 공무원 연금은 그녀에 비해 3분의 2밖에 안 되었다. 그래서 퇴직 후 나머지 인생을 나보다 연금도 3분의 1 더 받고 다른 혜택도 더 누리던 그녀가 늘 부러웠다.

그녀는 늘 명랑했고 적극적이고 긍정적이었다. 2년 전, 그녀는 유럽에 살던 언니가 한국으로 돌아와서 요양원에 계시는데 간호할 사람이 없어서 그녀가 직접 돌봐야 한다면서 친구들 모임에도 자주 빠졌다. 즉 친구들이나 과거 동료들이었던 사람들과 만날 여유가 없다고 했다. 아주 가까운 친구들도 그녀를 만날 수 없어서 아쉬워했지만 50대의 중년들은 회사일과 가정사로 모두 바쁜 터라 P의 바쁜 일정을 이해했다. 혼자인 그녀는 여러 형제들 중 막내로 나이 많은 언니들과 오빠들이 여럿 있어서 조카들이 자식처럼 그녀를 사소한 것에서부터 도와주고 있었다.

몇 달 전에 P가 친한 친구 중 한 명인 J에게 전화했다. P는 "큰조카의 아이가 학교 참고서가 필요해서 추천받고 싶다"고 했다. J는 여전히 학교에서 학생들을 가르치기에 당연히 요즈음 나오는 학생들의 참고서를 잘 알고 있으니까 추천해주면 도움이 될 것이었다. 그런데 J는 "직접 서점에 가서 둘러보면 될 텐데" 하면서 P의 조카의 부탁이 좀 납득이 가지 않았다. 이상하다고 생각하면서 참고서 몇 권을 우편으로 보내주었다.

그리고 지난주 P의 휴대폰 번호로 J에게 전화가 왔다. 그러나 P의 목소리가 아닌 그녀의 조카 목소리였다. P가 사망했다는 것이었다. 마른 하늘에 날벼락 친다는 게 이런 것인가. 친구들은 아무도 믿지 않았다. 그들은 병원 영안실로 가보았다. 그녀의 영정 사진이 있었고 가족들이 흐느껴 울고 있었지만 도저히 믿을 수 없는 노릇이었다. 결혼해서 자녀들이 있는 P의 조카의 말에 의하면 P가 암에 걸린 것을 따로 사는 가족은 몰랐다고 한다. 더 이상 숨길 수 없을 정도로 심각한 상태가 되었을 때에야 가족들도 뭔가 심상치 않은 것을 알게 되었다는 것이다.

J는 너무나 충격적이고 아쉬워 오래오래 멍한 상태로 지내야 했다. P는 적어도 친한 친구들에게는 알려서 위로도 받고 용기를 내어 좀 더 즐거운 시간을 주위 사람들과 보냈어야 했다. 이 얼마나 허망한 일인가? 조카의 참고서 건이 생의 마지막 대화였다니 너무나 아쉽고 서운하다. P는 성격이 아주 깔끔했고 독립적이었다. 그래서 아무에게도 그녀의 심각한 상황을 알리고 싶어하지 않았다.

우리의 상식과 달리 의외로 많은 암 환자가 자신의 몸상태를 알리고 싶어하지 않는다고 한다. 나는 어릴 때부터 조금만 아파도 티를 냈다. 아프다고 울면 어머니께서 맛있는 과일도 주고 무척 부드러워진 말투와 태도로 대해주셨기에 늘 아픈 것을 주위에 알렸다. 어릴 땐 형제가 많아서 부모님의 사랑을 독차지할 수 없었다. 그래서 아픈 것을 알려야 그나마 아주 바쁜 부모님께서 일일이 챙겨주시는 기회를 더 많이 가질 수 있기 때문에 조금 아픈 것을 심각한 것처럼 표현하기도 했다.

암 환자가 모두 암의 상태를 숨기고 싶어 한다기보다 성격에 따라 다르지 않나 생각한다. 지인의 학교에 2년째 치료받는 암 환자가 있는데 그녀는 자신의 상태를 광고하고 다닌다. 그래서 주위분들이 기도해주고 용기도 주면서 많은 관심을 가져주기에 심각한 병으로 고통스런 시간을 보내지만 외롭거나 우울한 상황을 잘 극복할 수 있지 않을까 싶다. 그녀는 마치 암세포가 사라지기라도 한 것처럼 직장에도 가끔씩 나가서 동료들과 친밀하게 지내며 적어도 활기차게 생활하려 노력한다.

마지막을 너무나 외롭고 힘들게 혼자서 조용히 하늘나라로 가버린 P를 생각하면 우리의 인생이 허망하기 그지없고 지금도 가슴이 너무 아프다.

(2017. 9. 6)

제3부
———

삼성과 대한민국

삼성과 대한민국

　미국인들의 외식 문화는 일찍부터 발달해서 누구나 1주일에 한두 번은 외식을 한다. 그러다 보니 좀 괜찮은 식당들은 적어도 30분은 기다려야 한다. 특히 유명한 식당의 주말 풍경은 심각하다. 우리가 자주 가는 이탈리아 식당은 맛과 서비스, 가격 그리고 편안한 분위기로 주말이면 한 시간은 기본으로 기다려야 한다. 한국에선 전화로 예약하고 시간 맞춰 가면 되기에 기다리는 일은 거의 없었다. 남편이 무척이나 좋아하는 이탈리아 식당에서 길게 줄을 서서 기다리는 것이 처음엔 너무 힘들었다. 긴 시간 기다릴 때면 한국인들은 아주 현명하고 지혜롭게 시간 관리를 하면서 살아간다는 생각이 들었다. 그런 면에선 미국인들은 참 미련하고 단순했다. 오늘도 종업원은 여느 때와 마찬가지로 식당 입구 바에서 기다려도 된다고 말한다. 우린 음료수를 먼저 시켜놓고 편안하게 기다린다.

　일요일 예배 후 점심 시간을 가족과 함께 즐기는 모습은 미국인들의 생활 풍습인 것 같다. 많은 사람들로 붐비는 바에서 기다리고 있는데 옆에서 젊은 남녀가 역시 우리처럼 기다리면서 삼성 갤럭시 폰으로 즐겁게 뭔가를 하고 있다. 새것을 사서 아주 만족해하면서 폰을 만지고 있는 그녀를 본 난 호기심이 발동해서 그 여대생같은 숙녀에게 물어본다.

"그 폰 어디서 만들었는지 아세요?"

"몰라요."

"사우스 코리아."

"그래요?"

삼성과 한국이 무슨 상관이냐는 듯이 무심하게 대답하는 그녀에게 난 너무 놀라고 실망한다. 그녀는 삼성이 대한민국 제품이라는 것에 관심도 없는 듯하다.

"난 한국에서 왔어요. 그것 우리나라 제품이에요."

"그래요?"

그들의 반응에 난 아주 김이 빠진다. 미국에는 다양한 인종이 살고 수많은 수입품들이 들어오니까 어느 나라 제품인가에 관심이 없는 것 같다. 제품의 질에만 관심이 있지 어느 지역, 어느 나라에서 만들어지고 들어오느냐는 별로 상관하지 않는 듯하다. 내가 볼보를 타고 다니면서 볼보 공장이 미국과 유럽에 있으니 그냥 유럽차라고 생각했지 스웨덴 차라는 것은 아주 나중에 알게 된 것처럼 말이다.

그런데 한국은 대기업을 국가적 국책 사업으로 너무 강조해서 키우다 보니 기업이 곧 국가라는 교육과 의식이 심어져 미국인들에게 찾을 수 없는 대기업에 대한 국가 차원의 기대치와 자부심이 있는 것 같다. 대기업은 돈을 벌어 그들의 재산을 불리지만 국민들은 대기업이 애국자라고 생각하고 믿음을 보낸다. 다양한 인종과 다양한 제품이 세계 각지로부터 오는 미국은 기업이 곧 국가라는 의식이 없기에 우리처럼 제품과 기업을 바로 연결시키지 않는 것 같다.

내가 한국에서 왔다고 하면 미국인의 첫마디는 "남한에서는 북한에 대해 어떻게 생각하는가?"하고 묻는 것이다. 미국인은 남한보다 북한에 더 많은 지식과 관심을 가지고 있다. 심지어 김정일과 김일성에 대해 어떻게 생각하는지 묻지도 않았는데 얼마나 미치광이인지 쉴새없이 이야기한다. 난 오랫동안 북한의 위험을 끊임없이 듣고 자라서 이제 무신경해졌다고 말하면 의아해한다. 사실 한국인들은 무디어져 있다. 가장 놀라운 것은 미국이 가장 가까운 동맹국인데도 불구하고 정작 미국 시민들은 남한에 대해 우리가 상상하는 것 이상으로 잘 알지 못하고 관심이 없다는 사실이다.

대학에서 만난 어느 여학생에게 내가 대한민국에서 왔다고 했더니 그녀의 말이 걸작이었다. 그녀의 할아버지가 오래전에 한국전쟁에 참전했는데 그곳 화장실이 특이했다고 하더라는 것이다. 1970년대 시골의 화장실은 그야말로 원시적이고, 바닥이 다 보이는 곳이었다. 그녀는 2000년대 한국은 모르고 할아버지가 들려준 1950년대 한국만 알고 있었다. 그리고 나를 그 50년대 사회 제도와 문화를 가진 사람으로 대한다. 내가 그건 아주 오래전 일이고 지금의 남한은 그때의 남한이 아니며, 이젠 미국이나 한국이나 경제, 사회, 문화 수준이 비슷하다고 하면 의아해한다. 미국 시민들은 무수한 발전과 진화를 거듭한 한국에 관심도 없고 배우려고 하지도 않는다. 이런 문제는 나와 우리의 몫이라는 것을 심각하게 깨닫는다.

이후 난 서점에 가서 우리나라에 대한 책자가 얼마나 있는지 조사해보았다. 대형 서점인 반스 앤 노블(Barns & Novel)에도 한국에 관한 책자가 거의 없음을 보고 놀라지 않을 수 없었다. 관광 가이드 책자도 아주 오래전에 출판된, 현재 한국의 실상과 거리가 먼 것뿐이었다.

왜 우리나라가 외국인들에게 제대로 알려지지 않은 나라였는지 알 것 같았다. 그들이 무관심한 것에 놀라기 전에 우리의 노력이 너무나 부족했다는 것을 나 스스로 느끼지 않을 수 없었다. 삼성도 한국이 키운 기업이니까 삼성이 한국을 같이 알리고 선전해야 할 것이다. 정부도 좀 더 적극적이고 체계적으로 한국을 알리는 데 노력해야 할 것이다.

(2014. 5. 8)

2월, 흑인 역사의 달을 맞아

지난 달, 미 국무부의 부수장인 앤터니 블링컨(Antony Blinken)이 "한국의 위안부 문제를 더 이상 거론하지 말라"고 발언했다는 보도를 보았다. 이 발언은 그가 아마도 한국인이 전쟁을 겪으면서 받은 상처의 깊이를 잘 헤아리지 못한 탓이 아닐까? 내가 오랫동안 미국 생활을 했음에도 불구하고 문서를 통해 흑인의 역사를 간접적으로만 알고, 소수민족의 뼛속까지 새겨진 아픔을 최근 들어서야 인지한 것처럼 말이다. 그래서 미국의 주류 사회 지식인과 정치인을 생각하면서, 일제강점기(1909~1945) 중 일본이 저지른 잔학한 행위에 대해 직접 경험한 산증인들의 목소리를 빌려 여기 몇 자 적어 보려 한다.

전쟁이 끝나고 수십 년이 흐른 1970년, 내가 다니던 초등학교의 원로 교사들은 자국어 못지않게 유창한 일본말을 한국말과 혼용하며 학생들을 가르쳤다. 일본인 같아 보이기도 했지만 그 선생님은 한국에서 나고 자란 토종 한국인이었다. 일본 침략 36년간 일본은 한국인에게 한국어 대신 일본의 언어만을 사용하도록 감시하고 교육하는 등 전 국민을 일본인화시키고자 했다. 선생님의 유창한 일본어 실력은 어린 나에게는 슬프게도 일본의 잔학한 행위의 증거로 전해진 셈이다. 러시아가 미국을 식민지화해서 오직 러시아어만 통용될 수 있고, 미국의 모든 정치, 사회, 문화마저 러시아화한다고 생각해본다. 끔찍하다. 극악무도했던 일본이었기에 몇십 년이 지나도 일제강점기를 겪었던 어른들은 "일본인들은 사람이 아니었다"라는 한마디로 어린 우리들에게 그들의 아픔을 전했다. 더 자세한 경험담을 들어보면 일본인들은 한국 가정에 들어가서 모든 쇠붙이와 조상의 제사를 지낼 때 사용하는 귀중한 놋그릇 등 전쟁에 필요한 모든 물건들을 탈취하여 2차 대전에 사용했다. 뿐만 아니라 생명을 유지할 식량도 모두 강탈해가는 바람에 우리 국민들은 초근목피로 허기를 채워야 했다. 러시아군이 미국에서 모든 그릇 등 살림 도구와 먹을 것을 강탈해서 전쟁에 사용하고 미국인은 먹을 것이 없어 나무 뿌리를 캐서 먹어야 했다고 생각해본다. 상상만으로도 가슴 저린다.

한국의 모든 정치, 문화, 사회 제도를 일본화하였고 남자들은 전쟁터로 징용되어 몹시 추운 중국의 만주, 시베리아로 떠나서 다시는 돌아오지 못했다. 어린 여자들도 위안부라는 명목으로 끌려가서 대부분 소식을 알 수 없게 되었다. 이렇게 모든 것을 강탈하여 착취했으니 살아남은 분들은 수십 년이 지난 뒤에도 그때의 고통을 잊을 수 없어 "일본인은 사람이 아니었다"고 항상 말씀하시는 것이었다. 러시아군이 미국인을 강제 징용하고 13~14세의 어린 소녀들을 강제로 데려가서 성노예로 이용했다고 생각해본다. 살 떨리는 일이다.

얼마 전 일본 정부가 2차 대전에 희생된 위안부에 대해 늘어놓은 변명은 손바닥으로 하늘을 가리려는 행위다. '일본군의 위안부 강제 연행 증거가 없다'라는 말도 안 되는 발언들이 소위 일본의 지식층에서 나온다는 것은 일본의 양심과 그들의 역사 인식 수준을 국제사회에 공공연하게 알리는 결과가 될 뿐이다. 5천만 한국인뿐만 아니라 전 아시아인들이 알고 있는 사실을 인정하지 않는 행위는 일본이 국제사회를 어릿광대로 취급하고 있다는 것이다. 일본은 독일처럼 과오를 인정하고, 2차 대전 피해국을 비롯한 수많은 피해자들에게 반성하고 사죄함으로써 용서받아야 할 것이다.

전쟁의 침략자들인 독일과 일본에게 희생된 자들은 모두 같은 피해자들이다. 왜 일본은 아시아에서 행한 수많은 잔학한 전쟁범죄 행위, 특히 위안부, 난징대학살 그리고 731부대의 생체실험 등의 역사적 사실을 '제대로 받아들이고' 후회와 사과를 하지 않는 것일까?

미국에서 2월은 흑인 역사의 달이다. 그 2월에 소수자들의 가슴 아픈 역사를 공유하면서, 한국인이 입은 처절한 전쟁의 상처와 그 잔학한 위안부 문제를 떠올리는 것은 내 감정의 지나침일까? 미국의 기득권자가 천문학적인 금전적 보상뿐 아니라 진정을 담은 사죄를 바탕으로 과거의 왜곡된 정치, 문화, 사회 제도로 인한 뿌리 깊은 편견을 없애려고 노력해온 것처럼 일본의 지도자들도 역사적 사실을 받아들이고 진정한 반성과 사죄로 위안부 문제를 하루 빨리 해결해야 할 것이다. 한국인의 마음속 깊게 뿌리 박혀 있는 과거의 아픈 상처와 "일본인은 사람이 아니었다"라는 중얼거림이 지워지길 바라면서…….

(2016. 1. 31)

우린 관리자일 뿐

스페셜올림픽 지도자 연수를 받게 된 남편을 데려다주면서 우연히 애넌데일 빌리지(Annandale Village)를 알게 되었다. 스와니(Su-wannee) 시의 새틀라이트(Satellite) 대로상에서 반 마일 정도 들어가면 숲속에 자리 잡은 조용하고 깨끗하며 각종 시설이 완비된 아름다운 작은 마을이 나온다. 애넌데일 빌리지는 최근 미국에서 최고의 복지기관이자 모범적 운영으로 상을 받은 성인 발달장애 복지시설이 자리잡은 작은 커뮤니티이다.

특히 이곳은 공립 중고등학교를 졸업하고 갈 곳 없는 성인 발달장애인들이 자립할 수 있도록 각종 스포츠와 예능, 공예를 이용하여 치료와 취미, 최종적으로는 직능까지 연결될 수 있도록 다양한 프로그램들을 제공하고 있다. 또한 간병인과 의료진이 상주하여 건강도 관리해준다. 깨끗하고 안락한 일반 가정집 같은 건물들이 띄엄띄엄 위치해 있어 한국에서는 상상도 할 수 없는 아름다운 주택단지 느낌을 주는 천국 같은 장소이다. 또한 일반 지역사회에서 부모나 보호자와 같이 살고 있는 성인 발달장애인들이라도 이곳 복지시설에 와서 자신이 원하는 프로그램에 참여하여 취미, 치료, 직능 훈련 등을 받고 이 과정에서 본인에게 맞는 직업을 가질 수 있다. 또한 애넌데일 빌리지에 거주하는 장애인이든 프로그램에만 참여하는 장애인이든 누구나 일반 지역사회 커뮤니티 동호회나 스포츠 그룹 혹은 교회 등에 적극적으로 참여하여 활동할 수 있도록 도움을 받는다. 병원, 학교, 도서관 등 각종 공공기관도 애넌데일 빌리지 가까이에 위치해 있어 일반 커뮤니티의 일원으로서 본인이 필요하면 언제든지 이용할 수 있고 본인에게 맞는 직업을 구하여 정기적 수입을 올릴 수 있다. 이렇게 성인 발달장애인들이 일반 커뮤니티 속의 한 멤버로 살아가는 모습은 한국에서는 감히 생각할 수 없는 아름다운 모습이다.

최근에는 발달장애뿐만 아니라 교통사고와 질병 등 각종 사건 사고로 뇌장애를 가지게 된 사람들도 계속해서 증가하고 있다. 애넌데일 빌리지는 이러한 중도 뇌장애인들에게도 장애를 극복하고 살아갈 수 있는 여러 가지 프로그램을 제공하고 있다. 여기에 필요한 재원은 주로 미국의 세금과 독지가의 기부 그리고 약간의 본인 부담으로 충당한다.

복지 분야에 사용되는 세금 문제는 세계적으로 유명할 만큼 항상 정치적 논쟁의 중심에 있다. 공화당 쪽에선 세금을 적게 내는 방안을 고민 중이고 민주당 쪽에서는 세금을 많이 거두는 아이디어를 낸다. 중류층 시민들은 허리가 휠 정도로 열심히 일하지만 2억의 수입이 있는 가정은 적어도 3분의 1은 직간접세로 내야 하기 때문에 부인이나 다른 가족이 수입을 더하는 것을 꺼린다. 솔직히 1억 이상 버는 대부분의 가정에서는 주 소득자의 배우자가 수입이 되는 일을 안 하거나 덜 하려고 하는 경향이 있다. 이런 경향은 미국의 생산성을 줄이는 결과를 가져온다고 한다.

그러나 복지국가는 사회의 구성원 모두가 같이 잘 사는 사회를 목표로 한다. 그러기 위해서 나의 수입을 불우한 이웃, 즉 장애인이나 노인들에게 세금이라는 명목으로 나누어준다고 생각하면 납세자로서 편안해질 것 같다. 내 세금이 애넌데일 빌리지 같은 복지시설에 있는 뇌장애인이나 발달장애인이 인간답게 살아가도록 도움을 주는 데 사용된다면 당연히 뿌듯할 것이다.

교회에서 만난 한 지인은 "우리는 우리의 재산을 소유하러 온 게 아니고 그냥 관리하러 왔다"고 말한다. 떠나는 시점에서 내가 관리하던 재산을 다른 관리자가 넘겨받아 관리할 뿐이라는 것이다. 그래서 그 지인은 현재 효율적인 관리로 두 배가 된 재산 중 자녀 교육 비용을 제외한 나머지는 복지시설에 기부하기로 하고 이미 '다음 관리자'로 한 '복지기관'을 내정해두었다고 한다.

모든 사람은 공평하게 빈손으로 태어나서 빈손으로 간다. 즉, 이 세상을 떠날 때는 모든 것을 두고 떠난다. 심지어 우리의 육체마저도 두고 떠난다. 그러나 우린 이런 사실을 잊고 살아간다. 하루에 한 번이라도 명상을 통해 이 진실을 되뇐다면 애넌데일 빌리지와 같은 복지시설이 증가하여, 최종적으로는 모두 '같이 사는 사회'에 가까워질 수 있지 않을까?

(2016. 3. 5)

3·1절과 우리의 것 : 일본의 잔재

"이치(1), 니(2), 산(3), 시(4), 고(5), 록쿠(6)······."

일본도 아니고 일본어 수업 시간은 더욱 아니었던 70년대 한국의 초등학교 교실에서 나오던 소리였다. 그 당시 초등생들은 2차대전도 6·25전쟁도 문서로 접하거나 귀동냥으로 들었을 뿐인 전쟁 후 세대들이었다. 나이 지긋한 할아버지 선생님께서 어린 초등생들의 인원을 셀 때 사용하시던 언어였기에 초등학교에서 이미 간단한 일본어를 습득하는 기회를 가지게 되었다.

이 할아버지 선생님은 일본인이 아닌 한국에서 태어나 자란 순수한 한국인이었지만 마을 유지의 자손으로서 일제 치하의 대한민국에서 일본식 교육과 일본어로 공부했기 때문이었다. 한마디로 한국의 일본화 정책의 하나로 한글 말살 정책을 폈던 일본의 물질, 문화 침략의 유산을 물려받은 할아버지 선생님이셨다. 그리고 그런 일본화 교육을 받은 선생님들로부터 일본의 잔재를 나도 모르게 물려받은 전후 세대이다.

　순수한 초등생들은 일본어를 섞어 말하는 선생님들에 의해 그리고 깊이 뿌리 내린 한국의 일본화 정책의 결과로 해방 후에도 자신도 모르게 그 문화를 배우게 됐다. 10대에 철이 들자 난 일본의 잔학성에 치를 떤 어른들의 분노와 한을 오롯이 받아 일본말뿐만 아니라 일본과 관련된 모든 것을 역겨워하기 시작했다. 일본인을 일본 사람이라고 부르는 것은 우리 조상을 욕되게 하는 것처럼 느껴져서 일본놈 혹은 왜놈이라고 불렀다. 70~80년대 관광객의 대부분은 일본인들이었지만, 일본인들은 좋지 않은 섬나라 사람들 정도로 생각하고 멀리하면서 자랐다.

　고등학교에서는 선택의 여지가 없어 제2외국어로 일본어를 배웠다. 일본어 수업 시간은 즐겁지 못했다. 일본어를 배운다는 것이 구역질이 났기 때문이었다. 미국에 살면서 한국을 방문할 때 도쿄를 거치지만 난 항상 환승 구역 정도로만 생각하고 있었다. 그래서 나에게 일본은 가장 가까이에 위치한 이웃 나라지만 기분으론 지구상에서 가장 먼 나라였다.

　한국전쟁의 후유증이 경제적 물리적 파괴였다면 일본의 한국 침략은 물질적 파괴에 문화적 정신적 말살까지 포함하였다. 한국에 남은 일본의 잔재는 언어와 문화, 정치와 교육제도 등 사회 곳곳에서 쉽게 찾을 수 있다. 예를 들면 봄이면 방방곡곡 벚꽃이 핀다. 우린 낡은 역사책을 들여다보기보다 봄이 주는 향기에 취해 과거를 잊어버리기 쉽다. 3·1절을 맞아 각 기관에서는 기념 행사로 분주하지만 오늘 따라 윤동주의 「서시」가 더욱 생각난다.

죽는 날까지 하늘을 우러러
한 점 부끄럼이 없기를
잎새에 이는 바람에도
나는 괴로워했다
별을 노래하는 마음으로
모든 죽어가는 것을 사랑해야지
그리고 나한테 주어진 길을
걸어가야겠다.

오늘 밤에도 별이 바람에 스치운다.

한편에서는 일본을 너무 미워하지만 말고 그들의 좋은 점을 배워서 경제적으로 승리해야 한다는 주장도 있었다. 일본의 장점을 배워서 일본을 능가해야 한다는 목소리는 우리 사회의 배타적 감정을 어느 정도 완화시키는 계기가 되었다.

사실, 요즈음 한국 경제는 일본을 앞지르고 있다. 우린 그 일본의 말살 야욕에서 살아남았고 또 전쟁의 폐허에서 몸을 일으켜 세계 경제 대국의 대열에 올라 있다. 이러한 변화는 우리가 3·1절의 비폭력 정신을 유지했기에, 그리고 윤동주 시인과 같은 조상들의 희생이 있었기에 가능하지 않았나 생각해본다.

(2014.3.3)

진정한 승리

몇 주 전 어느 한국 교회를 방문했다. 사회에 대한 불만이 줄지어 쏟아져 나오는 요즈음, 그때 목사님의 설교 말씀 중 특히 이 부분이 떠올랐다.

"당신은 당신이 몸담고 있는 교회의 목사님을 싫어하는가? 싫어한다면 그 목사님을 더 극진히 모셔야 한다. 목사님께 깍듯이 대하고 목사님에 대해서 좋은 말들을 더 많이 하고 퍼뜨려야 한다. 그러면 결국 교회 내에서뿐만 아니라 그 지역에서 그분에 대한 인식이 좋아져서 당신이 싫어하던 그분은 자연스레 유명해져서 다른 곳에서 서로 모시고 가려고 한다. 그러면 그분은 승진을 하게 되어 다른 곳으로 가게 되고 당신도 결국은 기뻐하게 될 것이다."

목사님 말씀에 깊게 공감한다. 우리는 '객관적이고 건전한 비판'이 아닌 '개인 감정으로 인한 불만을 표출'해서 나 자신을 해치고 타인을 다치게 하고 결국 모두에게 좋지 않은 결과를 가져오게 된다. 서로가 칭찬하고 긍정의 말을 퍼뜨리면 그 미움의 대상이던 사람뿐 아니라 나에게도 결국 좋은 결과를 가져온다. 이것이 진정한 승리자가 되는 것이 아닌가 싶다.

진정한 승리는 모두가 잘되는 것이다. '사실에 근거한 진정한 비판과 긍정적 토론'이 아닌 '개인의 감정으로 분출된 근거 없는 불만'으로 서로 공격하면 상대도 다치고 나 자신도 다친다. 목사님의 말씀처럼 미움의 대상이라도 도리어 존중해주고 칭찬하면 나 자신에게도 좋은 결과를 가져온다는 것을 우리는 쉽게 간과한다.

난 아침마다 5시 반이면 일어난다. 눈이 오나 비가 오나 병원에 실려 가지 않은 한 남편은 5시 반이면 일어나 출근 준비를 한다. 추운 날이나 피곤한 아침이면 정말 일어나기 싫어진다. 게다가 전날 부부 싸움을 해서 그 감정이 아직 사라지지 않은 상황에선 그의 뒷모습조차 보기 싫지만 남편을 위해 일어나 늘 아침을 준비한다. 커피 없이는 아침을 열지 못하는 그에게 따뜻한 커피를 준비하여 머리가 맑아지도록 도와준다. 아직도 근육 만들기에 관심이 많은 그를 위해 완전식품인 신선한 달걀을 세 개 삶아서 준비한다. 체중을 줄일 뿐만 아니라 콜레스테롤을 낮추는 대표 음식인 오트밀에 말린 복숭아와 다른 콩류를 섞어 건넨다. 그리고 비타민이 높은 신선한 과일을 같이 곁들여준다. 부부 싸움으로 미워서 보기도 싫을 때 나의 감정을 억누르고 그가 하루를 잘 보내도록 기도하면서 이렇게 매일 5시 반에 준비하는 것은 믿기지 않겠지만 나를 위해서이다. 그가 즐겁게 하루를 잘 보내면 나에게 긍정으로 돌아오기 때문이다. 참고 잘 해주면 그가 '생각할 시간'을 갖게 되고 그것은 '자신의 실수를 깨닫는 시간'을 갖는 것이다.

나이가 들면서 내가 쏟아낸 말과 행동으로 상대가 망하기 전에 내가 먼저 다치고 망한다는 것을 깨달았다. 내가 다른 이들에게 손가락질하면 그 나머지 세 손가락질은 나에게 돌아온다는 진리를 사람들은 쉽게 깨닫지 못한다.

요즈음 미국에선 블랙 라이브즈 매터(Black Lives Matter. 흑인의 목숨도 소중하다)를 시작으로 해서 온갖 불만들을 쏟아내면서 거리의 시위가 유행처럼 번지고 있다. 시위는 폭력, 폭동을 동반하여 사회 혼란을 조장한다. 세계 곳곳에서 비슷한 일이 벌어진다. 말레이시아와 한국에서도 대규모 거리 시위가 미디어를 장식하고, 중동에서는 끊임없이 자살 폭탄 테러와 전쟁이 일어나며, 유럽에서도 테러가 빈번하다. 아프리카에서는 소녀들을 납치 살해, 테러하는 행위가 대규모로 벌어지고 있다. 그야말로 우리의 지구촌이 도를 넘는 사회 불만으로 몸살을 앓는 듯하다.

컴퓨터와 텔레비전을 켜면 쏟아져 나오는 사건들을 보면 불만이라는 핵폭발을 보는 듯하다. 인간이 만든 문명을 떠나서 옛 조상들처럼 흙을 만지며 자연에 묻혀 사는 것이 더 행복하고 평화스러운 삶일 것 같다는 생각이 드는 요즈음이다. 내가 불만을 터뜨리기 전에 그 불만의 대상에게 더 잘하고 존중해주면 긍정적인 결과가 되어서 나에게 돌아온다는 목사님의 말씀이 다시 생각난다.

(2016. 11. 22)

8년 후에

지금 백악관 앞에서는 '국경 없는 의사회'가 5천 명 이상의 사인을 받아 시위를 하고 있다. 2015년 한 해 동안 국경 없는 의사회가 운영하는 75개의 병원들이 폭격을 당했으니 '독립기구'가 그 폭격 피해를 조사해야 한다는 것이다. 75개 병원 중 63개가 시리아에 있던 병원이다. 국경 없이 봉사하는 의사들의 목숨이 파리 목숨이다. 이 시위는 '입술'로만 평화를 외치지 말고 진정한 '행동'을 보여주라는 요구이다.

오늘 한국의 JTBC 뉴스 앵커가 "미군 부대가 서울시 한복판에서 생화학 실험을 하고 있으며, 탄저균 사건 이후 또다시 지카 바이러스 실험으로 서울 시민을 불안하게 한다"고 보도했다. 생화학 실험은 사막 한복판 같은 곳에 아주 안전하게 설계, 건축된 지하벙커에서 최고의 전문가들이 최고 수준의 안전 조치하에 아주 조심스럽게 다뤄야 한다. 미군은 사전에 우리 정부에 알리고 허락을 받았어야 한다. 미군은 한국 국민을 위해서 주둔해 있기에 한국 국민에게 해가 되는 행동을 한다면 미군의 한국 주둔 자체가 무의미해진다.

몇 년 전부터 미국의 핵추진 항공모함 등 대형 군함들이 한국으로 보내졌다. 하기야 군함이 사용하고 버리는 핵 쓰레기나 방사능 쯤이야 기존 핵연료 시설의 쓰레기 양에 비하면 별것 아니라고 생각될 것이다.

미국 조지아 주의 절반도 안 되는 남한 땅에 많은 핵연료 시설이 운영되고 그곳에서 나오는 찌꺼기로 죽음의 땅이 될 수 있다. 현재 핵연료 사용 상태로 보면 8년 후인 2024년엔 한국의 사용 후 핵연료(핵 쓰레기) 저장고가 넘쳐나서 핵연료 시설을 중단해야 할 것이다.

한미원자력협회, 즉 미국의 허락 없이 재처리 문제에 손을 댈 수 없지만, 대한민국 국민과 세계 인류의 안전을 위해서 지금 당장 한국 지도자들은 핵 쓰레기와 그 재처리 문제의 해결책을 세워서 실천해야 할 것이다. 이제 시간이 없다. 인류의 안전의 문제이기 때문이다.

1미터 거리에서 17초만 노출되어도 사망에 이르는 무시무시한 핵 쓰레기의 방사능은 10만 년이 지나야 인체에 무해 상태로 변한다고 하니 핵은 그야말로 사용해서는 안 되는 독성물질이다. 여러 서방 국가들이 사용 후 핵연료 재처리로 그 위험한 양의 쓰레기를 100분의 1로 줄일 수 있다는 희망을 제시하지만 독일을 비롯하여 다른 일부 국가들은 재처리 과정에서 나오는 방사능이 더 위험할 수 있다고 해서 재처리를 하지 않고 즉시 땅속 깊이 영구적으로 묻어버린다.

신이 만든 아름다운 지구를 인간이 완전히 폐허로 만드는 것도 시간문제인 것 같다. 겉으론 거창한 구호나 멋진 명언을 사용하면서 종교, 이념, 정책을 내세워 폭력과 전쟁을 일으켜 서로 싸우는 동안, 핵 쓰레기로 인해 인류가 지구의 비참한 모습을 곧 볼지도 모르겠다. 한반도의 핵이 바다와 공기를 오염시켜 전 세계로 퍼진다면 지구 생명체에 치명적인 타격을 주기 때문이다. 그러므로 한국의 지도자뿐만 아니라 세계의 지도자들은 입술로만 지구의 평화, 환경보호를 외치지 말고 핵연료 재처리나 영구 저장에 대해 특별 대책을 내놓고 이행하며 새로 핵시설을 건설하는 계획을 중단하는 것을 심각하게 고려해야 할 것이다.

지난 몇 년간 미국이 흑백 이슈와 기후 변화 이슈를 내걸고 반기독교 및 반자본주의 문화로 변해가면서, 서울시 한복판 미군 기지에서도 이해하지 못할 일인 탄저균이나 지카 바이러스 실험이 자행되고 있어 한국 국민을 불안하게 하고 있다. 이보다 8년 후 지구의 인류의 파멸을 가져올 수도 있는 한국의 핵 쓰레기 문제부터 해결을 해야 승리할 수 있을 것이다. 독일 나치의 접근 방식과 반대로 '위험을 해결하는 권력은 존경받고 영원'하리라.

(2016. 5. 11)

19조 4천만

지난 7월 7일부터 한국의 서울과 성주발 국제 뉴스를 보면서 두 가지 의문점이 생겼다.

첫째는 '돈이 있느냐'이다. 무슨 일을 하려면 먼저 사업 자금을 생각한다. 거래할 때 상대가 돈이 없으면 당연히 계약은 취소된다. 지난 3월 부임한 주한미군사령관 겸 한미연합사령관 빈센트 브룩스 대장이 청와대와 비밀 회담을 한 후, 한상구 국방장관에게 내린 명령은 '대한민국이 땅만 제공하면 모든 설치 비용은 미국이 지불한다'는 것이었다. 미국이 명령했기에 한국은 땅만 빌려주고 그 설치 비용은 미국이 전액 부담한다기에 그 조건을 수용했던 것 같다. 그런데 미 국회가 사드(THAAD)에 대한 국방 예산을 아예 포함시키지 않았다는 것이다. 그러면 그것이 가능한가? 다음 대통령이 누가 될지 모르기에 그것은 더욱 불투명해진다. 이것이 부동산 거래 혹은 사업상 거래라면, 보통 그 계약이 사기로 간주되고 범죄로 인정된다.

2016년 8월 12일 미국 연방 재정부가 발표한 연방정부의 빚이 14조 달러이고 사회보장연금 기금을 빌려 써버린 것까지 포함하면 현재 19조 4천만 달러이다. 이것은 중국, 일본 그리고 독일의 총생산을 합친 것 이상의 거액이다. 미국 국민 한 사람이 갚아야 할 빚이 6만 달러인 셈이다. 그리고 이 빚의 30퍼센트의 채권을 중국, 일본 등 외국이 가지고 있다. 이자도 못 갚아 그 빚이 기하급수적으로 늘어만 가고 있다. 사회 빈곤층을 가장 많이 도와준 오바마 대통령의 취임식이 열렸던 2009년 1월 20일 당시, 미 연방 재정부의 발표는 그 반도 안 되는 6조 4천만 달러였다. 즉 빚이 8년간 122퍼센트 증가했다. 4개월 후면 이 모든 빚을 그다음 대통령이 넘겨받아야 한다. 앨런 액셀로드(Alan Axelrod) 박사는 "미 국민들은 안보보다 경제를 훨씬 더 큰 고민거리로 여긴다"고 말한다. 즉 배고픔을 채우는 문제가 먼저인 것이다. 이런 상황에서 미 국회가 한국의 사드 문제로 국방비를 책정하기란 쉽지 않다.

두 번째 문제는 협의서, 즉 거래 과정이다. 한국 사드 배치에 대한 미국의 예산이 편성되면 그다음 미국의 국방장관이 대한민국 대통령에게 이 계획을 알리고 협의에 들어간다. 그런데 예산도 편성되지 않은 문제를 한국 대통령과 협의하여 대한민국이 떠들썩하게 심지어 천여 명의 주민들이 삭발식까지 하는 소용돌이로 몰아가는 것은 도통 이해하기가 힘들다.

이런 이해하기 어려운 미 국방부의 밀담과 관련하여, 미국 내에서도 올해 들어 백악관과 국방부의 움직임이 이상했다. 예를 들면, 군대 여성 징집 문제를 백악관에서 반대했는데도 국방부에서 밀어붙였다. 오바마가 힐러리 지지 선언을 하고 무브온닷올 즉 이슬람 브라더 후드와 백악관의 마찰이 있은 후 국방부가 독자적으로 행동하는 것을 여러 차례 보아왔다. 한국의 사드 문제도 국회나 백악관과 상관없이 진행된 그런 종류의 하나인 것 같다. 왜냐하면 국회 예산이 전혀 없는데도 한국 주둔 사령관이 그 어마어마한 계획을 청와대에 밀어붙였으니 말이다.

말은 필요 없다. 누구든 거래가 있을 때면 반드시 그 내용을 문서화하여 본인부터 보호해야 한다. 한반도를 휘몰아치고 해외에까지 대서특필되는 이 사드 문제에도 공식적인 협의와 우리를 보호하는 서약이 없는 것 같다. 그러니 한상구 장관이 이제 와서 돈 문제를 슬며시 꺼내는 것이 아닌가?

남한의 땅은 작고 값이 비싸다. 텍사스 주의 7분의 1밖에 안 되는 넓이에 인구는 텍사스의 두 배가 넘는다. 그런 좁은 땅에 사드가 배치되면 남한의 어느 지역에서든 고주파가 상공 5.5킬로미터까지 영향을 미쳐, 마치 사드를 미국의 어느 장관 자택이나 백악관 뒤뜰에 설치하는 것이나 마찬가지가 된다. 국토가 광대한 미국인들로서는 이런 걸 잘 이해하지 못할 것이다.

미국이 세계화 정책의 하나로 사드를 중국이나 남한의 국민을 감시하려는 목적이 아니라 오직 북한의 남침만을 염려해서 천문학

적 예산을 들여 미 국방부가 설치하는 것이라면 일단 예산과 국민
적 합의가 이루어진 뒤에, 한국인들의 먹고사는 일상이 이루어지
는 터전인 금싸라기 땅보다는 삼팔선 근처에 설치하는 것이 세계
인과 한국인 모두가 납득이 가는 처사가 아닌가 생각된다.

(2016. 8. 20)

이름의 수난

60년대 대한민국 남쪽의 작은 시골 마을에서 태어난 나는 남성만을 존중하는 철저하게 유교적이고 가부장적인 사회 분위기에서 자랐다. 여성의 인권을 얼마나 경시했는지는 이름 짓는 데서도 나타났다. 남자아이가 태어나면 어른들은 이름 짓는 전문가를 찾아다니면서 가문의 영광을 오래토록 빛낼 최고의 이름을 지어서 문중 족보에 자랑스럽게 올렸다. 여자아이는 시집갈 때 호적을 파서 가버리므로 태어날 때부터 남의 집안 사람이라 여기고 교육을 시키지 않는 건 물론이고 이름도 그냥 쉽고 편한 것으로 아무것이나 골라 붙였다. 그래서 내 이름도 흔하고 부르기 편한 '순희'로 지어졌다.

철없던 초등학교 땐 교과서에 나오는 '순희야, 놀자'라는 구절을 가지고 남자아이들이 시도 때도 없이 놀렸다. 복도를 지나가면 남자아이들이 '순희야, 놀자', '순희야, 놀자' 교과서에 있는 그대로 소리처댔디. 그때의 상처는 지금도 그대로 남아 있는 듯하다. 그래서 부모님을 자주 원망하기도 했다. 청소년기에 가톨릭계 고등학교를 다니면서 생긴 신앙심과 친구의 권유로 목사님이시던 엄격한 아버지의 뜻을 거역하고 가톨릭으로 전향하면서 신부님이 지어주신 영세명 세인트 클라라(Saint Clara)를 얻었다. 이에 대한 아버지의 분노는 20년이나 지속되었다. 신부님과 성당 사람들이 거의 모두 순희 대신 클라라라고 불러주는 것이 좋아서 성당에 더 잘 다닌 것 같다. 80~90년대 영어 수업 시간에도 영어 이름 하나쯤 가지는 경우가 흔해서 내게 배우는 학생들에게도 영세명 클라라가 더 자연스럽게 사용되었다.

최근 미국의 한 금융기관이 나의 신용 기록에 있는 이름 확인을 요청해왔다. 한국은 은행이나 공공기관에서 이름의 약자를 절대 사용하지 않는다. 미국은 사회보장카드와 운전면허증, 여권을 근거로 하여 이름이 사용된다. 그런데 최근엔 미국의 여러 금융기관에서 이름을 잘 관리하지 못하고 있는 것 같아 많이 안타깝다.

나의 신용 기록상 이름의 문제는 20년 전 미국 유학을 지원하면서 문화의 차이에서부터 시작된다. 한국에서 입학지원서를 쓸 때 내 이름 '권순희'의 영어 표기를 Soon Hee Kwon이라고 했더니 미국 은행 문서에 중간 이름 '희' 자를 빼고 Soon Kwon으로 적힌 것이다. 그래서 Soonhee Kwon으로 정정했다가 결혼하면서 남부 문화에 따라 남편 이름을 붙이면서 클라라 순희 권 테이텀(Clara Soonhee Kwon Tatum)이 되었다. 그런데 일부 은행에서는 클라라

테이텀(Clara Tatum)만 넣고 중간 이름은 모두 쏙 뺀다. 나는 한국인으로서의 정체성을 분명히 표현하는 이름으로 써주길 바라는 마음에서 '권'과 '테이텀' 사이에 하이픈(-)을 넣어주길 요청했다. 그리하여 한국인이라는 내 색깔이 권-테이텀(Kwon-Tatum)이라는 이름에 남아 은행 문서에 표기되었다.

최근 몇 년간 미국 정부와 금융기관의 개인정보 관리가 허술해진 것 같다. 대통령 선거에서 법적 신분증을 사용하지 않아도 투표를 허락할 정도다. 개인의 보안 차원에서 이름 관리에 더욱 신경을 써야 할 것 같다. 얼마 전에는 200개의 가짜 이름을 만들어 사기를 친 범인이 붙잡혔다. 그러나 허술한 관리로 범죄를 조장한 금융 감독 기관과 정부 관리자는 체포되지 않는다.

은행에서 보내준 신용 기록을 보면 내가 신뢰하고 제출했던 사회보장카드나 운전면허증과는 상관없이 어떤 은행에서는 중간 이름은 약자로 써넣거나 다른 은행에서는 아예 쏙 빼버리니 이름이 다양하게 기록되어 있다. 순 권, 순희 권, 클라라 테이텀, 클라라 S. 테이텀, 클라라 S. 권-테이텀 등이다. 풀 네임 클라라 순희 권 테이텀(Clara Soonhee Kwon Tatum)을 당연히 기록해야 하는 은행이 왜 많지 않게 된 걸까? 이렇게 제도적 오류는 범죄에 이용될 수도 있으며 그 피해는 서민의 몫이 될 터인데 말이다.

(2017. 2. 16)

제4부

문화의 공유

선택적 인지

많은 이들이 천재들의 기억력을 부러워한다. 그렇지만 나이가 들면서 망각은 인간이 가진 또 하나의 긍정적인 면이라고 느낀다. 망각은 스트레스로부터 우리를 보호해주고 생존을 위해 꼭 필요하다고 느끼기 때문이다. 『망각의 즐거움』의 저자 임희택은 망각은 외부의 충격으로부터 우리를 보호하는 마치 옷과 같은 존재라고 역설하며, 기억이 행복을 방해하고, 잘 잊는 사람이 매일 새롭게 행복해질 수 있다고 한다.

고국 방문 때 아주 오랜만에 어릴 적 배꼽친구를 만났다. 우린 늘 만나온 것처럼 허물없이 이런저런 어릴 적 추억을 떠올리며 시간 가는 줄 몰랐다. 대화 중 그녀는 어릴 적 또래들 중 한 남자아이의 짓궂은 행동들을 아직도 기억하며 분개했다. 나에게는 놀라운 일이었다. 나와 그녀가 하나의 문제를 아주 다른 시각과 생각을 갖고 바라보고 있었다는 사실을 깨달으며 우리의 다른 점을 다시 한 번 받아들여야 했다. 그 남자아이는 입안의 음식물을 여자아이들의 옷에 뱉어버린다든가 여자아이의 치마를 들추고 도망가버린다든가 그야말로 온갖 난잡한 행동으로 여러 여자아이들을 괴롭혔다. 그 남자아이의 태도는 여학생들의 고무줄을 자르는 정도를 넘어선 괴팍한 행동들이었다. 그렇지만 난 철이 들면서 그 남자아이의 행동들에 큰 의미를 두지 않고 잊어버렸다. 즉 사람을 죽이지 않는 이상 철부지 어린아이들이 무엇을 알겠으며 그들의 행동에 뭐 대단한 의미가 있겠는가 하는 것이 나의 견해였다. 이처럼 난 그 아이의 괴팍한 행동들을 까맣게 잊고 있었는데 그녀는 그토록 깊이 오랫동안 가슴에 새기고 있었다니…….

서울대 오종석 교수의 심리학 용어를 빌리면, 그녀는 '선택적 인지(Selective Perception)'에 의해 그 정보를 무려 30여 년간 품고 있었고, 난 '선택적 기억상실자'처럼 고무줄 끊고 달아나는 것보다는 좀 더 심하게 짓궂은 그 남자아이의 행동을 단순하고 의미 없는 철부지 장난 정도로 생각하고 아주 오래전에 잊어버렸다.

성인이 되어 사회생활을 하다 보면 일상 정보가 셀 수도 없이 쏟아진다. 그런 정보의 홍수 속에서도 우리의 뇌가 건강한 것은 너무나 다행스럽게도 '망각'이라는 것이 있기 때문이다. 우리는 수많은 정보에 대해 선택적 인지로 필요한 것만 받아들이고 기억한다. 선택적 인지란 매일 접하는 정보의 홍수 속에서 자신의 신념이나 가치관에 따라 선택적으로 정보를 받아들여 보유하는 것을 말하며 이 행위는 상당히 주관적이라 할 수 있다.

오늘날과 같은 산업 시대에서는 천문학적 비용을 들여 광고를 만들어낸다. 우리는 하루에 약 1,500개의 광고에 노출되며 그중에 약 76개의 광고를 지각하고 또 그중에 약 12개의 광고만 기억한다고 한다. 우리의 선택적 인지가 이루어져 극히 소수만 뇌에 저장되는 셈이다.

선택적 인지와 선택적 기억상실은 동전의 양면과도 같다고 어느 심리학자가 기록하고 있다. 예를 들면, 출산의 고통을 잊고 다시 출산을 하는 것처럼 선택적 인지와 선택적 기억상실은 우리에게 새로운 삶을 영위하게 해준다. 우리가 살아가면서 얼마나 많은 일들이 일어나는가? 좋은 일보다는 실직, 질병, 이혼, 부모 형제 및 가족의 사망, 사고와 같은 고통스러운 일들이 끊임없이 발생한다. 그러나 우리는 선택적 인지로 그 고통스런 일들을 잊어버리고 매일 새로운 삶을 영위할 수 있다.

어릴 적에는 동생과 다투거나 형과 언쟁을 했지만, 성인이 되어서는 친구나 동료들과의 갈등으로 감정에 골이 져도 내가 먼저 다가가서 풀어버리는 일이 잦다. 그건 나 자신이 나쁜 정보로부터 자유로워지는 것이기도 하다. 정보를 받아들이는데 긍정적인 것을 선택하고 지각하여 저장하고 나쁜 정보들을 내 기억에서 빨리 잊어버렸던 것 같다. 대신 그때그때 썼던 일기를 시간적 여유가 있을 때 들여다보면 아무것도 아니었다는 것을 깨닫는다. 즉, 과거를 회상시켜주는 도구인 일기장을 가끔씩 들여다보면서 철부지들에게는 심각했던 사건도 시간이 지나면 재미있었던 추억이 되어버리는 것을 자주 경험한다. 일기장도 없으면 나의 선택적 기억상실로 영원히 그런 심각했던 일들을 다시는 떠올리지 못할 것이다.

결론적으로 긍정적인 것을 선택하여 인지하고 기억하는 것은 나의 삶에 활력소가 될 뿐만 아니라 삶을 건강하게 만드는 데 중요한 역할을 하는 것 같다. 나 자신을 사랑하고 아낀다면 꼭 필요하다. 갈대같이 연약한 인간이니까 서로 갈등하고 다투기도 하겠지만 그저 바보처럼 허허 웃으며 돌아서서 상대와 악수하고 그 갈등을 해결하는, 다시 말하면 긍정적인 면을 취하고 부정적인 면은 빨리 지워버리는 선택적 인지, 즉 선택적 기억상실이 우리의 삶을 더 활기차게 할 수 있다. 특히 종교, 인종 간의 갈등이 심한 다양한 미국 사회에서는…….

(2015. 12. 1)

전기차 실험 여행

　유가 전쟁과 화석연료 고갈의 염려로 최근 새롭게 연구 개발된, 기름을 전혀 사용하지 않고 소음도 없는 환경친화적 전기차가 소비자의 관심을 끌고 있다. 차종에 따라 다르지만 소형 전기자동차는 한 번 충전에 최대 100마일까지 가는데 기후, 도로 사정, 운전자의 운전 특성에 따라 50마일 가다 멈추기도 하고 혹은 80마일 달리다 움직이지 않을 수 있다. 그래서 운전 중 불상사를 막기 위해 철저한 준비와 계획 그리고 대단한 인내가 필요하다.

　전기차를 무척 좋아하는 남편이 연휴에 차타누가 근교로 전기차 여행을 제의했다. 난 이번 기회에 전기차가 얼마나 불편하고 실용성이 없는지 보여주고 싶어 그의 제의를 수락했다.

　오후 12시 30분경, 남쪽 공항 방면에서 중간 지점인 케네소로 향했다. 2차선에서는 시속 40~50마일로 에너지를 절약하고 고속도로에서는 60~65마일 속도로 갔다. 겨우 50마일 갔을 뿐인데 계기

판은 40마일 더 갈 에너지만 남았다고 알려왔다. 케네소 N딜러에
는 다른 차가 급속 충전을 하고 있었으므로 30여 분 기다린 후 그
충전기를 이용해 30~40분 동안 80마일 더 갈 에너지를 충전했다.
폭발 위험을 막기 위해 급속 충전기는 80마일까지만 허용되었다.
그 옆에 있는 일반 충전기로 102마일까지만 채웠다. 일반 충전기
는 충전 속도가 느려서 20마일 더 갈 수 있는 에너지를 채우는 데
한 시간이나 걸렸다.

늦은 점심식사를 하고 오후 5시가 지나서야 충전을 끝내고 다음
목적지 달턴(Dalton)으로 향했다. 크리스마스 시즌이라 고속도로
는 벌써 어두워져서 헤드라이트를 켰다. 앞이 보이지 않을 정도로
성에가 끼어 에어컨도 켰다. 비와 바람이 몰아치는 악조건 속이라
달턴 시까지는 50마일 거리도 안 되건만 계기반은 벌써 남은 에너
지가 20마일 이하라는 위험신호를 운전자에게 보냈다. 전기차 전
문인 남편은 바로 고속도로를 빠져나와 에너지를 절약하기 위해
지방도로를 이용했다.

달턴시의 N충전소는 7시에 소등 후 문을 닫는다. 거기엔 급속
충전기도 없었다. 10마일 떨어진 곳에 개인이 운영하는 급속 충전
기가 있어서 우린 폭우가 쏟아지는 차가운 날씨와 안개 속에서 아
슬아슬하게 10마일을 더 운전해서 도로 중간에 멈춰서는 불상사
없이 도착했다. 길가에 외로이 서 있는 급속 충전기는 6.99달러에
한 번 이용할 수 있었다. 기름 값에 비하면 상당히 비싼 에너지 값
이지만 그 충전기는 우리의 구세주나 다름없었다. 40분 걸려 80마

일을 충전하여 응급 상황을 극복하고 7시에 인근 호텔로 갔다.

　다음 날 11시, 여행 최종 목적지 근처의 쇼핑몰에서 한 시간 남짓 쉬다가 오후 1시쯤에 다시 충전소를 찾아 가까운 N딜러로 갔다. 차타누가 시에서 가장 큰 N딜러는 실망스럽게도 모두 일반 충전기였다. 인터넷에서 안내하는 전기차 충전 정보와 사뭇 달랐다. 다른 N딜러로 가는 길목에 '공사 중, 돌아가시오'라는 표지판이 우리의 다급함을 약 올리듯 막아서 있었다. 멀리 돌아서 겨우겨우 도착했지만 거기에 있는 단 하나의 급속 충전기마저도 고장 나서 지금은 쓸 수 없다고 했다. 에너지는 20마일 남아 있고 이제 또 차가 도로 중앙에서 멈춰 서지 않을까 하는 두려움으로 초긴장을 했다. 직원이 이 근처 호텔 쪽에 급속 충전기가 있다고 해서 우린 GPS를 이용해서 그 장소를 30분 이상 찾아 헤매서 겨우 호텔 주차장에 서 있는 두 개의 일반 충전기를 발견했다. 두 시간 정도 걸려 50마일을 충전하고 위기를 모면했다.

　우린 다시 집까지 돌아갈 일을 걱정했다. 돌아가는 길에 겨우 달턴 시에 도착해서 급속 충전기를 30분에 80마일까지 올리고 일반 충전으로 한 시간 더 걸려 105마일까지 채웠다. 오후 5시 반, 점심 겸 저녁을 먹었다. 케네소 N딜러가 문 닫기 전에, 아슬아슬하게 도착했다. 급속 충전기를 이용하여 40분 만에 80마일 충전하고 일반 충전기로 50분여 걸려 100마일까지 채워서 속도 60마일 이하로 밤 10시에 집에 도착했다.

　이번 여행에서 배운 것은 전기차 여행 환경이 전혀 갖춰져 있지 않다는 것이다. 급속 충전기가 최소 20마일마다 있어야 하고 이용료도 반으로 줄여야 할 것이다. 비상 사태를 대비해서 운전자도 꼼꼼한 계획과 준비가 필요하지만 기업과 정부가 보다 싼 가격에, 편안하고 안전한 곳인 식당이나 휴게실 주위에 적어도 두 개 이상 급속 충전기를 설치해야 전기차 이용자가 늘어날 것이다.

그러나 전기차 마니아인 남편은 여전히 전기차를 예찬한다. 그는 "밤에 자는 동안 차고에서 애마를 충전하면 아침에 출근하면서 주유소에 들어갈 필요가 없다"고 자랑한다. 또 그는 "직장이 집에서 30~40마일 내에 있기에 출퇴근용으로 아무 불편 없다"고 한다. 단, 1년에 한두 번 그의 전기차로 인해 비상사태가 생겼을 때 누군가 그의 뒤에서 '비상 대기자'가 되어주기에 그가 여전히 예찬론자일지도 모른다.

(2015. 12. 28)

밸런타인데이 역습

밸런타인데이에 연인들은 로맨틱한 저녁 식사를 계획하고 초콜릿이나 꽃을 선물한다. 미국에서는 밸런타인데이에만 189억 달러를 소비한다. 엄청난 수요의 쇼핑 문화라 할 수 있다.

J도 이런 소비 트렌드에 합류한 이들 중 한 명이다. 오늘은 그에게 아주 특별한 날이다. J는 장래가 밝은 30대 초반의 매력적인 남성이다. 그는 매사에 자신만만하고 일을 할 때는 계획을 세워 아주 치밀하게 추진한다. 그래서 직장 상사에게도 신임받고 있다고 생각한다. 전문적인 식견과 합리적인 사고 방식을 갖추어 어떤 모임에 가도 여성들에게 인기가 많다. 그렇지만 그의 까다로운 결혼 조건 때문에 30대 중반인데도 결혼이 쉽게 성사되지 않는다.

밸런타인데이인 오늘은 다른 날보다 더욱 가벼운 걸음으로 회사를 간다. 출근길에 오늘의 스케줄을 다시 한 번 생각해본다. 여느 밸런타인데이처럼 좋은 일이 많이 일어날 것 같은 생각이 든다. 먼저 그는 지난해 회사에서 받은 선물을 생각해본다. 자기를 은근히 좋아하는 매니저가 올해도 초콜릿을 줄 것 같은 기대에 미소 짓는다. 퇴근 후에는 교회에서 만난, 나이가 좀 어리지만 장래가 촉망되는 여성과 저녁 약속이 있다. 아직 이른 감이 있지만 오늘 밸런타인데이를 빌미로 장래 약속을 할 계획이다. 저녁 식사는 그가 가장 좋아하는 고급 일식집에서 할 예정이다. 그는 여느 때처럼 오만한 태도로 회사에 들어가서 자신의 자리에 앉는다.

출근하자마자 매니저가 호출한다. 밸런타인데이 선물이 아닐까 하고 기대하면서 그녀의 사무실로 간다. 그녀는 "사장과 회사에서 J에게 사퇴를 요청하기로 결정했다"고 말한다. 이유는 회사 사람들로부터 'J와 같이 일하기 너무 힘들다'는 불만이 많이 들어왔기 때문이다. 밸런타인데이인 탓인지 그 충격이 몇 배나 더 컸다. 사장은 출장 중이고 그는 퇴근할 때까지 멘붕 상태이다. 차마 책상 정리를 바로 할 수 없어서 모두가 떠난 뒤 회사에 가서 책상을 정리하고 개인 소지품을 들고 나온다.

저녁 약속도 취소하고 집에 가서 이불을 뒤집어쓰고 침대에 눕는다. 생각해보면 그는 혼자 잘나서 대부분의 직장 동료들을 무시하고 몇몇하고만 터놓고 지내온 것 같다. 직장에서 쫓겨난 상태지만 이번 밸런타인데이에는 깨우침이라는 평생 잊을 수 없는 큰 선물을 받았다. 겸손하고 타인을 좀 더 배려하고 맘에 들지 않아도 직장 동료들과 잘 어울려야 한다는 교훈이다.

사실, 밸런타인데이에 소원했던 사람들이나 관계가 안 좋았던 사람들을 특별히 생각해보는 것도 의미 있는 일일 것 같다. 놀랍게도 46퍼센트나 되는 많은 미국인들이 밸런타인데이에 즐겁지 않다고 한다. 지구상에는 1억 5,300만의 고아들이 마음에 상처를 안고 외롭게 지낸다. 고아원에 버려져 외롭게 상처받고 있는 아이들에게 밸런타인데이에 사랑의 편지를 써 보내는 것이 어떨까? 외롭고 힘없는 노인, 부모를 잃은 고아, 지금 이 순간에도 고통 속에서 생존을 위해 고투하는 어둠에 있는 사람들에게 밸런타인데이의 사랑으로 다가가면 어떨까? 그러면 우리의 사회가 더욱 밝아질 것 같다.

(2016. 2. 14)

70퍼센트의 지혜

반드시 아침 커피를 마셔야 하루를 시작할 수 있는 커피 중독 남편에게 아침잠이 없는 나는 매일 아침 따뜻한 원두커피를 내려서 건네준다. 그는 매일 큰 컵으로 적어도 한두 잔은 마신다. 찰랑찰랑 넘치도록 따라주는 게 좋겠지만, 그렇게 하면 잔 주위뿐만 아니라 옷이나 주위 물건들을 쉽게 더럽힌다. 컵의 70퍼센트만 채우면 주방에서 안방까지 컵을 들고 빨리 걸어가도 넘쳐흘러 더럽히지 않는다. 주는 이도 받는 이도 더욱 즐겁다. 쉬운 일 같지만 어려운 70퍼센트의 미덕을 이렇게 깨달아간다.

존 그레이의 『화성에서 온 남자 금성에서 온 여자』라는 책을 보면 '남자만의 방(man's cave)'이라는 말이 나온다. 남편은 그 용어를 마치 자신의 특허처럼 사용한다. 결혼한 후 집을 구하여 이사하면서부터 그는 특히 이 점을 강조해왔다. 보통 사람들은 자신만의 공간인 서재가 필요해서 특별실을 요구하지만 그는 특히 '맨케이브'

란 용어를 사용해서 '그만의 공간'을 강조한다. 그만의 '서재 겸 휴식' 공간으로 사용하면서 좋아하는 악기며 스포츠 기구, 각종 책과 미디어 등을 잘 설치하고 깨끗하고 세련되게 꾸며서 자신만의 비밀 공간으로 만든다.

맨케이브를 너무 지나치게 강조해서 처음에는 이해가 되지 않아 색안경을 끼고 보았다. 자기만의 공간을 만들어 아주 소중히 여기는 것에 대해 난 뭔가 숨길 게 있어서 저러나 싶어 호기심을 가지고 지켜보기도 했다. 그러나 오랜 시간이 지난 후 알고 보니 비밀스런 것들이 아무것도 없었다. 그냥 자신만의 공간에서 편안히 낮잠도 자고 가끔씩 어린아이 같은 행동도 해보고 싶었던 것 같다. 남자의 자존심을 여성 앞에서 항상 지키기 힘드니 혼자서 망나니 같은 행동도 해보고 싶었던 것 같다. 70퍼센트만 공유하고 30퍼센트의 비밀 아닌 비밀은 맨케이브에 숨겨두려고 하는 남성 심리를 발견하고 나중엔 측은지심까지 들었다.

결혼 전에는 영국의 기사처럼 멋있는 모습만 보여주다가 결혼 후에는 매일 함께 보내는 탓인지는 몰라도 때때로는 졸장부 같은 모습도, 나약한 모습도 보여주니 그것이 스스로 스트레스가 될 수도 있으리라. 여성도 마찬가지다. 결혼 전엔 공주처럼 대우받다가 결혼한 후엔 그런 대우를 못 받으니 그런 변화로 심리적 혼란을 겪으리라. 이때 서로를 생각할 수 있는 시간과 공간이 필요하다. 남자가 맨케이브에 들어가서 혼자만의 사색을 하는 시간과 공간을 가지게 되면 그로 인해 더 건전한 부부 생활을 하게 되지 않나 싶다. 이 인간 심리의 기본 조건을 만족시키지 못하면 결국은 서로 상대방을 숨 막히게 만들고 결국은 서로가 불행해진다. 그런 배우자와는 갈라서는 일들이 많이 생긴다.

물을 컵에 따를 때나 커피를 잔에 담을 때 70퍼센트만 따르면 넘칠 염려도 없고 잡고 마시기도 편하다. 아침마다 만들어 건네는 남편의 커피도 70퍼센트가 적당하다. 30퍼센트는 서로를 존중해주는 여분으로 남겨둔다. 그러면 부부 관계나 인간 관계에도 흘러 넘치거나 더럽혀지는 일이 없을 것이다. 다시 말하면, 부부간에도 공간과 시간의 여유를 가지고 서로 존중해줘야 하는 것 같다.

오래 동안 행복한 부부 관계를 유지하는 어느 분의 말을 기억한다. 부부간의 균형 잡힌 삶을 위해서 70퍼센트만 공유하고 30퍼센트는 비밀리에 나만의 세계에 숨겨두라는 것이다. 70퍼센트만 공유하고 나머지는 혼자서 하고 싶은 여행이나 쇼핑도 하고 혼자만의 사색의 시간과 공간을 가지라는 것이다.

큰 비밀을 숨기거나 속이려고 30퍼센트 자기만의 공간을 가지려는 것은 아니다. 그저 자유로움을 느끼고 싶어서이다. 그런 노력이 부부 혹은 친구 사이가 질리지 않고 새롭고 더욱 견고하게 인간관계를 만들 수 있고 오래 유지할 수 있게 하는 것 같다. 이것이 이율배반적인 '부족함의 완벽함, 모자람의 미학'이 아닐까 싶다.

(2016. 12. 26)

남편의 동물 사랑

하루 종일 일하고 집에 오면 파김치가 되지만 남편은 매일 한두 시간 저녁 운동을 꼭 한다. 노년층은 말할 것도 없고 중장년층이 되면 팔과 다리에 생기기 시작하는 축 늘어지는 근육을 없애고 뱃살과 체중을 줄여서 건강을 유지하기 위해 매일 저녁 몸 관리를 하는 것이다. 오늘도 학교 일을 마치고 운동 후 샤워까지 끝내고 내가 차려놓은 간단한 저녁 식사를 하려고 식탁에 앉는다.

하루 중 이 저녁 식사는 그의 허기를 채우는 소중한 시간이다. 그런데 내가 잠시 자리를 비우고 사무실에서 중요한 일을 처리하고 있는데 남편이 외친다.

"내 저녁 식사가 어디로 사라졌지?"

식탁 주위를 보니 빵 조각들만 바닥에 흩어져 있고 고기는 보이지 않는다.

"아니, 개들이 먹었군."

그는 그렇게 말했지만, 한 번도 그런 적이 없었기 때문에 전혀 믿기지가 않았다. 다시 바닥에 흩어진 빵 부스러기와 채소 조각 같은 걸 살펴보니 개들의 짓이었음이 분명하다.

몸집이 아주 작은 치와와 두 마리가 의자를 타고 올라가서 맛있는 스테이크를 모두 먹어치워버린 것이다. 개들이 식탁 위의 음식을 건드린 것은 이번이 처음이었다. 고기 냄새가 얼마나 좋았으면 주인 저녁을 먹어버렸을까. 허기진 남편은 남은 수박과 물만 마시고 마침 체중 관리 중이니 다이어트하는 셈 친다고 저녁 식사를 마쳤다. 개들이 한 짓거리에는 거의 화를 내지 않는 그의 개 사랑은 아주 오래전 내가 처음 그를 만났을 때 그의 가족에게서도 느꼈던 것이다.

유학 생활 중 처음 남편을 만나 부모님 댁으로 초대를 받았었다. 남편의 부모님은 고양이 두 마리와 개 두 마리를 키우는, 동물을 아주 사랑하는 분들이었다. 20년 전까지만 해도 한국에서 개를 키운다고 하면 집 밖에서 키우는 것이었기 때문에 미국식 애완용 개는 낯설었다. 그래서 남편의 부모님들이 기르는 고양이와 개들을 가까이하는 것이 내겐 너무나 불편한 일이었다. 부모님께서 네 마리 동물들을 모두 뒤뜰에다 내보내고 나서야 난 집 안에 들어갈 수 있었다.

그리고 그 후로도 오랫동안 난 동물을 집 안에 두는 것을 허용하지 않았다. 동물에서 나는 냄새와 털도 신경 쓰였고, 먹을 것을 늘 준비해줘야 할 뿐만 아니라 건강을 위해서 운동도 시켜줘야 하고 동물병원에 다니며 정기적으로 건강 검진도 받게 하고 예방주사 등 의료적 처치도 해줘야 하는데, 난 그 많은 일들에 전혀 관심이 없었다.

그런데 사랑은 전염되는 것인지 남편이 그렇게 좋아하는 동물을 내가 받아들이면서 6년 전부터 개를 키우게 되었다. 어느 가정이나 집안일은 거의 모두 안주인

남편과 반려견들

인 부인이 도맡아 하게 된다. 개를 목욕시키고 날리는 털 때문에 집 안을 더 자주 청소하고 하루에 한두 번씩 운동도 시켜주고 맛있는 간식도 준비하면서 나도 동물들을 사랑하게 되었다. 개 한 마리는 외로우니 한 마리를 더 입양해서 서로 친구가 되어 의지하도록 배려까지 하게 되었다. 내가 감내해야 할 부담도 두 배로 늘었지만 개들은 친구가 생기니 외로울 때 나타나는 나쁜 습관, 예를 들면 물건을 물어뜯어 난장판을 만드는 행위 등이 사라지고 더욱 즐겁게 지내는 것 같아 보기 좋다.

미국인들이 개를 좋아하는 또 한 가지 이유는 개가 보안에 효과

적이기 때문이다. 매달 돈을 들여 보안 시설을 설치해서 위험한 문제를 해결하는 것보다 낫다고 한다. 개는 몇 마일 밖에서부터 수상한 이들의 냄새를 맡아 귀를 쫑긋 세우고 경계 태세를 갖춘다. 그리고 수상한 사람이 집 울타리 가까이 오면 짖기 시작한다. 개가 위험신호를 보내면 그때 집주인은 비상으로 가지고 있던 총을 준비할 수 있다고 어느 미국 친구가 이야기해준 기억이 난다. 특히 무의식의 상태인 잠자는 동안엔 개와 총이 최고의 보안팀이라고 그녀가 귀띔해주었다.

오늘 저녁, 키가 6피트나 되는 덩치로 하루 종일 일하고 한두 시간 헬스 클럽에서 강도 높은 운동까지 해서 허기진 상태인데, 자신이 먹을 음식을 개에게 빼앗기고도 기쁘게 과일 한 접시로만 저녁을 때우는 남편의 개 사랑도 못 말리지만, 나 역시 그 두 마리의 개를 야단치기는커녕 우습고 예쁘기만 한 것을 보면 남편의 동물 사랑이 나에게 완전히 전염된 것 같다.

(2016. 9. 2)

베트남 쌀국수

8년 전, 내가 처음 베트남 쌀국수를 접했을 때 냄새가 너무 역겨워 10분 만에 식당에서 나와버렸다. 심지어 점심을 대접해준 친구에게 화까지 내면서 어떻게 이런 음식을 먹느냐며 도리어 핀잔을 줬다. 쌀국수의 향은 태어나서 처음 맡아보는, 특이하면서도 도저히 참을 수 없는 냄새였다. 색다른 분위기에서 쌀국수를 즐기는 사람들의 모습은 낯선 음식만큼이나 나와는 다른 세상의 사람들로 보였다. 친구가 당황해하는 것도 개의치 않고 매몰차게 자리를 박차고 조롱 섞인 표정을 보이고는 떠나버렸다.

나중에 알아보니 베트남 쌀국수를 좋아하는 한국인이 늘어가고 식당의 규모도 인기에 비례해서 늘어가고 있었다. 그런 변화를 도저히 이해할 수 없었다.

그리고 8년이 지난 최근에 본의 아니게 사업상 만남을 위해 베트남 쌀국수집에 가야 하는 일이 생겼다. 지인의 강력한 권유로 다시 그 이상야릇한 쌀국수를 접하고는 억지로 꾸역꾸역 먹었다. 그리고 그 음식에 들어 있는 것들을 자세히 살펴보았다. 쌀가루로 만든 가는 국수와 새우 그리고 생숙주와 양파 그리고 향차이(고수)와 다른 몇 가지 양념이 들어 있는 아주 간단한 요리였다. 그 후 몇 번더 주위의 분들이 권하는 바람에 거부하지 않고 먹다 보니 그 독특한 향에 입이 익숙해지는 것을 느꼈다.

요즈음은 1주일에 한두 번은 그곳을 그리워하며 약속을 일부러 쌀국수집으로 정할 정도가 되었다. 신기하게도 시장기가 돌면서 배가 고프면 쌀국수가 떠오르면서 입에 군침이 돌기 시작한다. 그 독특한 맛에 매료되어 나의 입과 영혼까지도 서서히 그 맛에 익숙해져간다. 무척 좋아하다 보니 그 맛에 조금은 중독되는 것 아닌가 싶기도 하다.

『내 인생의 마지막 다이어트』의 작가인 빌 필립스는 마약이나 알코올만 중독되는 것이 아니라 음식도 헤로인의 중독성과 똑같이 뇌의 중독 신경을 자극한다는 사실을 실험으로 보고하고 있다. 본인이 중독되었는지를 확인하는 방법으로, 스스로 바꿀 수 있으면 습관이고 없으면 중독이라고 한다. 이번 달은 쌀국수 생각에 군침만 삼키고, 지나치지 않도록 자제해야겠다.

우린 자신도 모르게 어떤 것에 시간과 함께 익숙해지면서 서서히 즐기게 된다. 부지불식간에 중독되는 그 폐해는 알코올이나 마약뿐만 아니라 음식을 포함해서 관습, 문화, 생각의 영역까지도 확대된다. 그것이 진정 우리에게 크게 해롭지도 이롭지도 않더라도 중독으로 인해서 정신이 지배되고 그 대상의 노예가 되어가고 있지는 않은지 다시 생각해보게 하는 아침이다.

(2014. 1. 9)

유리 천장

공화당과 민주당, 두 정당의 전당대회를 보았다. 이번에 민주당은 특히 '유리 천장'을 깨는 역사적 사건을 만들어내고 있다. 민주당 전당대회 셋째 날인 7월 27일 수요일 밤, 오바마 대통령이 2016년 대통령 선거의 민주당 후보자 클린턴에게 바통을 넘기면서 단상에 나타난 그녀의 모습에 여성들의 심장은 아주 빠르게 뛰었다. 미국이 대한민국 사회보다 더 보수적인 남성 중심의 기득권층 사회라고 생각해왔던 나에게는 놀라운 장면이었다.

16년 전, 난 박사과정 첫 수업으로 수강한 '여성의 정치와 리더십'을 통해서 미국 사회의 내면을 조금 더 깊게 보았다. 자유와 평등의 나라라고 생각했던 미국이 여성의 투표권을 1920년 8월 26일 국회에 통과시켰고, 1965년 8월 6일 인종과 성별에 관계없이 시민권을 소유한 모든 미국 시민에게 한 인간의 기본 권리로서 투표권을 행사할 수 있다는 것이 대통령 린든 존슨에 의해 최종 통과되었음을 알게 되었다.

어릴 때 한국에서 불교적 유교 전통이 아주 강한 조부모님 밑에서 자란 나는 여성의 권리에 대해 생각하게 되었다. 남자아이가 태어나면 집안의 경사요 여자아이가 태어나면 그 반대였다. 남자아이는 집안의 재산을 팔아서라도 교육을 시켜서 성공시키려 했지만 여자아이는 그 남자 형제의 교육과 성공을 위해 학업은 고사하고 사회에 나가서 일을 해야 했다. 친척과 친지들이 "여자는 결혼하면 호적을 파서 남의 집 사람이 되는데 왜 교육을 시키느냐?"고 하셨지만 내 아버지는 목회자여서 우리 세 자매를 모두 대학까지 공부시켰다. 아버지는 "재산은 없어지지만 공부한 머리는 죽을 때까지 가지고 있으니 배우는 것이 최고의 재산이다"라며 그들을 설득하셨다.

교육을 받고 철이 들면서, 난 동등하게 대우받지 못하는 어머니 할머니들의 모습을 보고 여권 신장에 많은 관심을 가지게 되었다. 모든 면에서 뛰어났던 친구나 선배들이 결혼 후에는 육아와 집안일로 재능을 사장시키는 것을 보아왔다. 어릴 때는 '그 여자아이 아주 똑똑하다'고 칭찬하시던 어른들이 세월이 흐른 후에는 '여자가 잘난 체한다' 혹은 '기가 세다'는 식으로 표현을 바꾸었다. 재능 있는 여성들이 그들의 재능을 십분 발휘할 수 있도록 하는 사회 분위기, 제도, 정책의 필요성이 더욱 절실히 느껴졌다.

한국에서 내 아버지 세대는 남자가 부엌에 들어가면 대장부가 아니라는 말을 들었는데, 미국의 큰 기업의 임원이신 시아버지가 앞치마를 두르고 가족을 위해 아주 맛있는 음식을 직접 요리하신다. 나를 비롯하여 자녀들과 손자 손녀들을 초대해서 만찬을 준비하시던 모습은 내가 태어나서 처음으로 본 아주 놀라운 광경이었다. 그렇지만 미국 사회도 전반적으로 유리 천장이 단단해서 여성이 사회의 일원으로 일하고 또 사회의 지도자가 되는 데 많은 장애가 따른다. 특히 가난한 여성의 임신과 결혼을 뒷받침하는 사회제도는 아직도 턱없이 부족하다.

그래서 특히 지난 밤 민주당의 클린턴 대선 후보 지명 장면을 본 난 스릴을 느꼈다. 공화당의 트럼프는 여성을 위한다고 하지만 그의 과거의 삶은 자신을 위한 것이었던 반면 클린턴은 그녀의 전 생애를 통해 여성뿐 아니라 장애인, 흑인의 인권과 사회적 권위를 찾아주려고 노력해왔다. 또 그녀는 편안하고 돈 많이 버는 직업을 외면하고, 힘 있는 기득권층이 주류인 사회에서 빛을 보지 못하고 힘들어하는 아웃사이더들을 배려하고 옹호해왔다. 그녀는 말뿐이 아니라 현장에서 직접 뛰며 실천해온 것이다. 민주당 혹은 공화당을 떠나서 자신을 위해서가 아닌 남을 위해서 자신을 희생하는 것이 진정한 지도자의 자세가 아닐까 생각해본다.

(2016. 7. 28)

같이 살아야 하는 이유

몇 년 전의 일이다. 집 안에서 이상한 냄새가 났다.

"여보, 이상한 냄새가 나는데 당신은 괜찮아?"

창문을 열면서 내가 던진 말이다.

"창문 닫아. 난 괜찮은데 냄새는 무슨 냄새가 난다고 그래?"

남편의 요구에 난 결국 문을 닫고 집 밖으로 나왔다. 남편은 "당신이 몸이 약해져서 민감해서 그러는 거야. 그러니 의사에게 한번 가서 진단 받아봐."라고 충고까지 했다.

난 아주 어릴 적부터 맛과 냄새에 민감했다. 그래서 공기가 좋지 않거나 특정한 냄새가 조금이라도 풍겨오면 예민하게 알아챈다. 한마디로 개코이다. 반대로 남편은 냄새에 민감하지 않은 것 같다. 그러나 봄여름에 날리는 꽃가루에는 극도로 민감해서 약을 먹지 않고서는 봄과 여름을 절대 보내지 못한다. 그 알레르기 때문에 연속적으로 기침을 하기에 일상생활이 불가능하다. 그래서 창문을 열어두는 것은 그의 사전에 없는 일이며 폐쇄된 집에 에어컨까지 틀어 집 안이 아주 얼음장이 되어야 즐겁게 생활하는 사람이다. 어쩜 이렇게 아주 다른 두 사람이 만나서 살 수 있을까 할 정도로 나와 남편은 생체 리듬부터 시작해 다른 부분이 너무 많다.

냄새의 근원을 알기 위해 다음날 소방서에 신고했더니 조사를 나왔다. 두 소방관이 들어와서 집 안팎을 조사하더니 아무 냄새도 못 느끼겠다고 하고 돌아가버렸다. 난 그저 마스크를 끼고 참고 지내는 수밖에 없었다.

며칠 후 이웃에 사는 지인이 우리 집에 놀러 오셨다. 그분은 집 안에 들어오지 않고 현관에 서서 냄새가 심각하니 도저히 들어갈 수가 없다고 했다. 그리고 모든 창문과 문을 열고 나서야 들어올 수 있었다. 난 나만큼 냄새에 예민한 분을 만난 게 너무 기뻐서 모든 문을 활짝 열어놓고 이야기를 하면서 시간을 보냈다. 그 어른에게 종이에다 '냄새가 너무 나니 어떤 조치를 취해야 할 것 같다'고 적어달라고 했다. 남의 의견을 잘 받아들이지 않는 고집불통 남편에게 그 메모를 보여주기 위해서였다. 남편이 냄새 나는 것을 전혀 못 느끼니 그 당시 그의 고집을 꺾을 도리가 없었다.

냄새에 대한 지인의 메모를 본 남편은 드디어 자신의 후각 기능에 문제가 있다는 걸 좀 느끼는지 에어컨 필터를 살펴보기 시작했다. 필터를 새 것으로 바꾸었다. 그래도 내가 냄새가 난다고 하니까 못 믿겠다는 듯이 나를 쳐다본다. 가스 냄새 같아서 창문을 열어놓고 자야 했지만 남편은 창문 꼭꼭 닫아걸고 에어컨을 틀어놓고 냉방에서 세상 모르고 잠잔다.

나는 참다못해 거금을 들여 가장 비싸고 성능 좋은 공기청정기를 구입했다. 미세먼지나 몸에 유해한 요소를 모두 빨아들여 공기를 맑게 해주고 인체에 위험한 냄새가 나면 위험신호도 보내준다. 다행히도 그 공기청정기는 우리 집 안에 발을 들여놓자마자 빨간 위험신호를 보내면서 빠르게 그리고 요란스럽게 돌아간다. 내가 남편에게 그 기계를 보여주니 아주 신기해하며 들여다본다. 자세한 설명을 곁들이니 그제야 나쁜 공기의 문제를 좀 수긍하는 듯하지만 본인은 아무 냄새도 맡을 수 없다.

그 냄새는 나처럼 후각이 예민한 사람에게는 느껴지지만 무딘 사람들은 느끼지 못할 정도였다. 보통 사람은 머리가 약간 아프지만 왜 머리가 아픈지 모르는 정도였다. 아주 미미한 가스 냄새지만 '사람의 두뇌를 아주 조금씩 딱딱하게 해서 치매로 만드는 데 큰 역할을 한다'는 것을 어느 과학 기사에서 본 적이 있다. 나중에 남편에게 말했다.

"내가 당신 치매 되는 것은 물론이고 생명을 잃을 가능성도 있는 상황을 막아준 사람이니 내게 고마워해."

가스가 새어 나와도 냄새를 못 맡고 가스에 취해 천국으로 가는 사람들이 가끔 있다. 이런 사건은 심장이 약하거나 허약한 사람이 잠자다가 영원히 깨어나지 못하는 경우이고 주로 심장마비로 결론을 내는 것 같다.

혼자 산다는 것은 편할 수도 있지만 누군가와 함께 살아야 위험하거나 힘들 때 서로에게 힘이 되어주기에 옛 어른들이 한 말이 진실임에 틀림이 없는 것 같다. 결혼은 해도 후회, 안 해도 후회 그러나 후회하더라도 인간은 결혼을 해서 같이 살아야 하는 것 같다.

(2016. 9. 20)

폭력은 정말 줄었는가?

『우리 본성의 선한 천사』의 저자인 스티븐 핑커는 세상 사람들에게 '왜 폭력이 줄어들었는가?'라는 신선하고 충격적인 질문을 던진다. 현재 미국과 세계에서 발생하는 잔인한 이슬람 테러 사건들로 공포감을 느끼는 분위기에서 독자들에게 긍정적으로 생각할 기회를 주고 있다.

그는 방대한 통계자료의 분석 결과를 바탕으로, 인구 대비 폭력과 범죄가 확실히 줄었으며 우리가 살고 있는 '현재가 가장 평화로운 시기'라는 충격적 발언을 한다. 즉 인구 대비 타살 비율에서 그 숫자가 점점 더 줄어든다는 것이다. 예를 들어 당나라 때 안녹산의 난을 통해서는 3,600만 명이 죽었는데 20세기 인구로 계산하면 4억 2,900만 명이 죽은 것에 해당되는 엄청난 학살이 일어난 것이라고 기술한다.

그는 폭력은 '본성에 의거한 내적 반응'이 아닌 '환경에 의한 전

략적 반응'이라서 인간의 폭력성 감소에 국가의 개입이 큰 역할을 한다고 말한다. 국가의 탄생, 문명화의 영향, 계몽주의와 인본주의 혁명으로 전쟁이 크게 줄면서 폭력 감소 효과가 있었다는 것이다. 그는 폭력을 쓰려는 유혹에 불명예의 낙인을 찍고 범죄시하는 노력이 요구되며 권리혁명(Rights Revolutions), 즉 시민권, 여성권, 아동권, 성소수자권, 동물권 등으로 폭력을 꾸준히 감소시켜왔다고 말한다.

내가 아주 어렸을 때인 1960년대, 한국에는 하인이 남아 있었다. 그러나 1970년대 산업화 바람이 불면서 하인들이 자유로운 몸이 되어 도시의 산업 현장에 투입되면서 우리 사회도 모두 평등하게 잘 사는 나라로 탈바꿈해왔다. 1980년대에는 기존의 남성 중심의 사회에서 점차 여성과 아동, 노인과 장애인의 권리를 위해 국가가 적극 개입하여 조금씩 평화로운 사회로 바뀌어갔다. 한국 사회의 변화를 돌이켜보며 나 역시 핑커의 주장에 공감한다.

그러나 국가나 조직이 커질수록 보이지 않는 음지의 암적 존재가 뿌리를 뻗어가지만 국가가 이를 모두 감찰하기는 불가능하다. 그러므로 핑커의 통계자료에 나타나지 않은 훨씬 더 많은 폭력과 범죄가 일어났으며 지금도 일어나고 있다. 그래서 가정과 사회에서 교육을 통해 폭력을 일으키는 비극적 공격성을 극복하는 방법을 구성원들에게 제시해야 할 필요가 있다. 핑커는 혈연, 우정, 유사성에 의한 감정이입, 해악을 막는 자기 통제, 권위적 청교도적 도덕감으로 폭력과 범죄를 극복할 수 있지만 결국은 인간의 이성에 의지하여야 하며 인간의 이성을 발전시키는 것이 아주 중요하다고 말한다. 나는 이성을 기르는 중요한 책임은 먼저 가정과 사회가 같이 지고 있다고 믿는다. 가정과 사회의 역할에 관해, 현재 98세의 고령인 김형석 교수는 실천적 철학인 윤리학을 강조하면서 선진 시민으로서 인문학을 기본으로 법보다 도덕, 양심, 윤리가 잘 세워져야 한다고 역설한다.

급속도로 발전하는 고도의 전자 정보통신 사회에서 우리의 모든 생활이 이런 기술과 기구들로 점령되면서 현대인들은 최고의 편리함과 자유를 느낀다. 이에 대해 핑커는 사상과 사람의 이동성을 높인 기술들과 전자혁명으로 폭력이 더욱 줄었다고 쓰고 있다. 그러나 핑커의 주장과 달리 전자혁명을 이용한 이메일 해킹과 같은 작은 범죄뿐만 아니라 철통같은 보안을 무색하게 하는 범죄도 너무 흔하다. 해커들은 군과 의료시설, 은행이나 국가 행정부 자료 등을 훔치거나 조작하여 큰 조직이나 국가를 뒤흔들어놓고 그 피해자가 측정 불가능할 정도로 너무 광범위해 핑커의 통계자료에 잡혀 있지 않다.

전자혁명으로 인한 범죄는 국가나 사회의 규제와 제도가 미치지 않는 부분이 너무 커서 컴퓨터 전문가가 말하길, "컴퓨터개론 101*만 들으면 이웃집 컴퓨터에도 쉽게 침투하여 나쁜 장난을 할 수 있다"고 한다. 윈도우 시스템의 허점과 한계에 이젠 탈전자혁명을

----

* 컴퓨터 기초과목.

외치며 실천할 때인 것 같다. 왜냐면 핑커도 이런 기술을 이용해 9·11테러와 같은 미래의 재앙적 폭력으로 이슬람 과격파들과의 문명 충돌, 핵 테러 등을 언급하는 것을 빠뜨리지 않기 때문이다. 다만, 희망적으로 말하면 그런 재앙이 일어날 가능성이 매우 낮다는 것이 그나마 우리에게 위안을 주고 있다.

(2017. 1. 6)

한국 현대시와 노벨문학상

"감 먹어봤어?"

"아니."

"한국 감인데 한번 먹어봐."

내가 내민 감들은 홍시, 대포감, 단감, 내가 가장 좋아하는 곶감 등이었다.

"맛이 아주 좋은데? 미국 감이랑 달라."

남부 토박이 미국인은 난생처음 토박이 한국인이 건네준 감을 맛보고 다양한 한국의 감 맛에 감탄한다. 조지아 주의 미국인이 처음 대하는 한국의 맛이다. 한국인의 생활에 깊숙이 스며들어 있는 감에 얽힌 수많은 이야기들. 감의 맛을 모르는 서양인들이 어떻게 감의 정서를 이해할 수 있을까?

한국의 남부에는 감나무밭이 많다. 봄에는 감꽃으로 목걸이를 만들기도 하고 여름에는 뜨거운 뙤약볕을 피해 감나무 그늘 아래

멍석을 깔고 앉아 동네 아이들과 놀기도 했다. 감나무 잎사귀에 숨어서 맴 맴 맴 울어대는 매미 소리를 들으면서 누워 뒹굴기도 했고, 친구들과 어울려 방학 숙제도 했다. 가을엔 감나무에 올라가 서리 맞은 감을 따는 또 하나의 즐거움이 있었다. 그 감들 중에 홍시(연시)는 치아가 약한 노인이나 환자, 아이들에게 겨울나기 특별 간식이었다. 서리 맞은 땡감을 겨울 내내 저장해두면서 남녀노소 모두 간식 삼아 하나씩 꺼내 먹으면서 긴 겨울을 보냈다. 또 곶감을 만들기 위해 껍질을 벗기고 햇볕이 잘 드는 집 처마 밑에 매달아 겨울 내내 말리는 시골 풍경도 우리만의 문화였다. 제사상이나 명절상에는 물론 우는 아이에겐 곶감이 최고라 할 정도로 곶감은 인기가 있었다.

이런 한국의 문화를 서양이나 유럽인들이 공감 하기란 아주 힘들 것 같다는 생각을 한국의 현대시 번역을 하면서 더욱 절실히 느낀다. 예를 들어 장석주 시인의 시 「단감」을 보면 "단감 마른 꼭지"를 "단감의 배꼽"이라 표현한다. "수만 봄이 머물고" 간 자리이자 "우주가 쏟아져 들어온 흔적"이 단감의 꼭지라는 것이다. 난 이 시를 읽으면 감에 얽힌 한국의 문화와 수많은 이야기가 떠오른다. 그러나 감을 먹지 않는 조지아 남부 사람들처럼 서양인이나 유럽인들이 이 시를 공감하며 음미하기란 불가능하다. 전문가들은 시를 이해하려고 감에 얽힌 우리의 문화를 책과 자료로 공부하고 연구하겠지만 바쁜 일상에 쫓기는 평범한 외국인 독자들은 관심도 없거니와 시를 이해하기 위해 일부러 한국 문화를 공부하고 자료를 찾을 거라

기대할 수도 없다.

남녀노소를 가리지 않고 한국의 모든 이들의 겨울 간식이 되어준 단감. 혹독한 겨울 날씨에 홍시나 단감의 꼭지를 살포시 떼어내어 먹던 그 순간들은 유럽인이나 서양인들이 도저히 이해하지 못하는 한국의 겨울나기 모습, 따스한 온돌방 안에서의 삶의 부분이리라.

한국시 번역은 우리의 많은 이야기가 녹아 있는 한국 문화를 압축해 몇 개의 시어로 표현해놓은 것을 다른 나라 언어로 전달하는 것이다. 시 번역가는 한국 문화에 대한 충분한 이해를 바탕으로 서양이나 유럽 독자의 문화를 연구하여 그들의 입장에서 시를 번역한다. 그러나 독자들이 문화의 차이에 대한 이해의 폭을 좁히지 못하는 '문화의 괴리'는 반드시 존재한다. 그래서 한국의 명시에 유럽인들이 감탄해서 그들이 만든 노벨상을 한국 시인에게 준다는 것은 어불성설이 아닌가 싶기도 하다. 그들이 만든 상을 우리 한국인에게 준다는 것 자체가 아주 웃기는 이야기라고 하는 이들이 이해된다.

한국의 시에 표현된 문화와 정서를 짧은 어구로 번역해서 외국인들이 즐겁게 음미할 수 있도록 하기엔 아주 어렵다. 여기 조지아주에 사는 미국인들이 감이나 회를 먹지 않는 것처럼, 그런 먹거리에 얽힌 우리의 문화는 물론 「단감」 같은 시문학도 한국인처럼 이해하거나 즐기지 못하리라. 그래서 다른 문화에서 만든 노벨문학상을 받는 자체가 이상하다 못해 잘못되었다는 누군가의 독설이 생각난다.

시는 문화이다. 우리의 시는 우리의 문화와 정서를 토해내는 일이고 우리끼리 축제를 열고 즐기는 것으로 충분하다고 말한 어느 문학가의 말이 떠오른다.

(2016. 10. 6)

한국문학의 번역과 문화의 공유

　남부의 중산층 미국인들이 내가 한국에서 왔다고 하면 아주 호기심 가득한 모습으로 제일 먼저 던지는 질문이 있다. 다름 아닌 '북한의 침략적 도발 분위기 속에서 어떻게 지내느냐' 하는 것이다. 내가 만난 미국인들의 한국에 대한 주요 관심사는 북한의 위협이다. 그들은 한국이라는 나라와 그 국민보다 북한을 더 잘 알고 우리 자신보다 우리를 더 걱정하는 듯한 모습이다.

　이런 현상은 미국의 대중 미디어 때문인데 중산층 미국인이 접하는 뉴스 미디어의 한국 관련 소식 100가지 중 99가지가 북한의 도발과 관련된 뉴스이다. 그리고 미국 인구 약 3억 중 반 이상이 일반 고등학교 정규 교육과정도 제대로 끝내지 못했으며 그들은 미국 부통령의 이름도 정확하게 잘 모르는 사람들이라는 것을 알면 그들의 한국에 대한 무관심과 무지도 이해가 된다.

　중산층 미국인들은 매일같이 삼성의 텔레비전과 휴대전화를 사용하면서도, 정작 그것들의 원산지인 한국에 대해서는 무관심하다. 한국이 세계지도의 어느 부분에 위치하고 있는지조차 모를 정도다. 한국 사람이 안다면 의아해하겠지만 엄연한 현실이다. 미국인들은 한국에 대해 현재 북한의 위협을 받고 있고 미국의 도움이 절대적으로 필요해서 군대를 파견해 평화 유지를 도와주고 있는 군사 동맹국쯤으로 인식하고 있는 듯하다.

미국의 중장년층을 위한 한국 자료를 찾으러 서점에 가니 한국에 대해 소개된 자료는 아주 오래전에 쓰인 몇 권의 책자뿐이다. 일반 시민이 자주 이용하는 남부 조지아에서 가장 큰 공공 도서관의 데이터베이스에도 한국 작가가 쓴 문학작품 혹은 번역작품은 크리스 리(Krys Lee), 이장래(Chang-Rae Lee), 권순자(Soonja Kwon) 등의 책을 합쳐서 열 권도 채 되질 않는다.

20년 전 유학 왔을 때만 해도 한국인이라는 긍지와 자존심으로 무엇이든 이룰 수 있을 것 같았는데, 미국인들이 생각하는 한국의 위상처럼 자꾸만 작아지는 스스로를 발견하게 된다. 중국은 한국보다 문화적으로 20~30년은 뒤처져 있다지만 미국에서의 중국 위상은 한국보다 20~30년 앞선 나라 같다. 미국을 포함하여 해외에 비친 한국이라는 나라의 위상에 대해 오랫동안 고민하고 연구해 오던 중, 2015년 가을 보스턴의 한 문학인이 '한국문학을 세계로' 라는 프로젝트에 참여해달라는 부탁을 해왔다. 부채춤이나 한복 등 겉모습을 알리는 것뿐 아니라 한국인의 삶과 정신문화를 알리는 일이기에 적극적으로 참여하고 있다. 한국문학을 번역하는 일과 관련하여 외국인의 도움이 필요해서 내가 여러 해 동안 참여하던 애틀랜타 미국문학 작가 모임(회원수 20여 명)에서 한국문학 번역에 관심이 있는 작가를 찾아보았으나 적극적으로 관심을 보이는 분을 만날 수 없었다.

한국 시문학 번역은 한국인의 정신문화와 관련된 깊숙한 삶의 바닥을 보여주기에 북한의 도발 위협, 김치, 한복, 부채춤 등의 겉으로 드러난 모습으로는 알 수 없는 우리의 생활 밑바닥에 흐르는 진솔한 정신문화의 세계에 이방인들을 초대하여 공유하면서 그들의 이해와 공감을 얻어내는 일이다. 한두 페이지의 서정화된 시문학이지만 우리의 정서, 문화, 예술, 사상, 역사 등이 그 속에 고스란히 녹아 있다.

우리 문학을 세계로 알리기 위해서 언어적으로는 영어와 한국어에 모두 능통해야 하고 문학적으로는 영문학과 한국문학을 모두 잘 이해하고 소화하는 능력이 필요하다. 깊이 있고 해박한 학식과 교양을 갖추면 훌륭한 시문학을 번역하는 데 많은 도움이 된다.

올해가 애틀랜타 이민 반세기 역사를 기록하는 해이다. 이곳 애틀랜타에 있는 개인과 단체, 기관들이 다양한 활동으로 한국인의 자긍심을 높이기 위해 부단히 노력해온 것으로 안다. 애틀랜타 이민 50년을 맞아 매크로 연구소 주관으로 '제1회 한국 시 문학 번역 신인상' 응모 신청서를 받고 있다. 이 행사를 통해서 한국에 대해 무지한 미국 남부인뿐만 아니라 다른 나라 사람들과 함께 우리의 문화를 공유하고 즐길 수 있는 기회를 제공할 수 있으리라 본다.

또 타민족이 한국인을 이해하고 소통하는 데 크게 기여하리라 믿는다. 이 행사를 통해서 훌륭한 2세, 3세 번역 작가들이 배출되어서 우리의 문화를 알리고 발전시키며 동시에 우리의 가치관과 자존심을 높이는 데 기여할 수 있기를 기원한다.

(2017. 2. 3)

제5부

소수민족으로 살아가기

학교식당에서 만난 소녀

　유학 초기 타국 생활에 적응하기 힘들었던 1997년 봄, 점심시간에 학교 구내식당을 이용하게 되었다. 간단한 먹을 것 몇 가지를 식판에 담고 돈을 지불하기 위해 학생들이 기다리는 긴 줄 뒤에 서서 차례를 기다렸다. 드디어 내 차례가 되자 계산대 앞에서 지갑을 꺼내 음식 값을 지불하려고 했으나 현금만 받는다는 말에 당황스러워 어찌할 바를 모르고 서 있었다. 주위를 둘러보니 길게 줄을 서서 기다리는 많은 학생들은 키도, 눈도, 코도, 몸집도 컸고, 심지어 그들이 들고 있는 음료수 컵까지 내 컵의 두세 배가 되게 커서 나를 더욱 주눅 들게 했다. 그런 생소한 상황에서 그들 모두가 동양인 여학생이라는 색다른 존재에게 호기심 가득한 눈길을 보내며 나를 주시하고 있는 것 같아 그 상황에서 되도록 빨리 벗어나고 싶었다. 계산원은 계속 재촉하고 뒤에서는 그들이 하얀 얼굴에 하얀 치아를 드러내고 비웃는 것만 같아 쥐구멍에라도 들어가고 싶은 심정이었다. 아는 친구라곤 룸메이트 외에는 없던 학기 초였다.

그때 기다리는 줄 중간에서 빠져나온 한 소녀가 내게 현금을 건네주어 위기상황을 모면하게 해주었다. 그녀는 까만 손을 내게 내밀며 미소를 보냈다. 그 반짝반짝 미소 띤 눈빛은 지금도 잊을 수가 없다. 그녀는 눈물이 되어본 적이 있었기에 상대의 눈물을 닦아줄 수 있었으리라. 그녀는 그늘이 되어보았기에 그늘의 친구가 될 수 있었으리라. 그녀는 슬픔이 되어보았기에 슬픔을 사랑할 수 있었으리라. 그때는 미국 사회를 잘 모르고 있었기에 단순히 착한 흑인 소녀라고 생각하고 아주 감사했다. 그리고 바쁘고 힘든 유학 생활을 하느라 인종 문제에 대해서 더 깊이 알 기회가 없었다.

지난 몇 년간 내가 겪어온 미국 사회의 깊숙한 곳에 있는 문제 중에 인종 문제를 발견하고 새로운 차원으로 미국을 이해하면서 난 소수민족으로서의 힘들었던 삶을 다시 생각하고 그 문제를 연구하게 되었다. 우리가 아무리 암환자를 이해하려고 해도 아파보지 않으면 그 아픔을 절대로 이해하지 못하는 것처럼, 실연을 당해보지 않으면 절대 그 아픔을 이해하지 못하는 것처럼, 백인 사회에서 생활하는 흑인의 고난은 직접 흑인이 되어보지 않고는 그 누구도 도저히 이해하지 못하리라.

다행히도 나는 최근 소수민족의 아픔을 깊이 생각하고 공감하게 되었다. 골프를 칠 때 백인 일색의 골프장에서 왜 그렇게 흑인들에게 미안했던지 나 자신도 놀라웠다. 마치 내가 어머니께서 고생하시면서 일해 모은 학자금을 공부도 열심히 하지 않고 유흥비에 쓸 때 미안함 같은 그런 기분을 늘 느껴야 했다. 특히 한 주에 한 번씩 시내에 위치한 노숙자 보호소에 갈 때는 미국의 극과 극을 보지만 특히 그것은 인종 문제의 극과 극이어서 더욱 아픔을 느꼈다.

어느 추수감사절. 매주 목요일마다 가던 노숙자 보호소에 추수 감사절이라고 빠질 수 없었다. 몇 명의 아이들이 나를 기다리고 있을까 봐, 혹여나 아이들의 마음에 상처가 될까 봐 우리 가족이 축제의 저녁을 먹고 있는 와중에도 혼자서 다운타운으로 갔다. 보호소엔 서너 명의 아이들이 있었고 난 그들과 한 시간여 동안 간식을 먹고 책도 읽으며 즐거운 시간을 보냈다. 눈빛이 누구보다 맑고 깨끗했으며 똑똑하기까지 했던 아이들이었다. 가족들과 보낸 추수감사절의 만찬 못지않게 애틋한 두 시간이 또 한 번의 뜨거운 감사로 다가왔다. 사랑은 베풀수록 자꾸만 생겨난다는 성경의 한 구절이 떠올랐다.

내가 처음 미국의 문제를 발견한 것은 박사학위 논문을 쓰면서였다. 미국 교육의 문제가 학교 밖에 있다는 것을 확인하면서 학생의 가정 문제와 사회의 인종 문제에 볼록렌즈를 갖다 대기 시작했다. 학교의 문제를 학교에서 해결하려는 것은 절대로 그 문제의 본질을 보지 못한 결과라는 것을 알게 되었다. 과거 몇십 년의 교육 통계를 보면 고등학교 졸업자가 전체의 60~70퍼센트 이하였고 특히 대도시 학교에서의 중도 탈락률은 50퍼센트까지 올라갔다. 이것은 미국 공립학교의 붕괴와 마찬가지이며 돈으로 해결할 수 없는 심각한 사회문제가 된다는 것이 나의 관심을 끌었다.

대도시 학생들의 가정 환경을 보면 거의 모두가 소수 인종인 흑인이었고 그 아이들은 아빠 없이 가난한 홀어머니나 보호자와 살았다. 의무교육인 고등학교 중도 탈락은 끊이지 않은 청소년 범죄를 낳고 도시와 사회의 악을 생산한다. 이 끊임없는 악순환의 고리를 끊을 단 한 가지의 해결 방안은 가정과 사회가 같이 이 아이들을 돌보아야 한다는 것이었다.

이제까지 연말연시 혹은 특별한 날의 연중행사로 일시적인 도움의 손길을 내미는 사람은 많았지만 어느 누구도 이들의 문제를 부모님들처럼 지속적으로 도와주는 손길이 턱없이 부족했다. 오바마 정부가 들어서면서 막대한 연방 지원으로 유아원과 유치원을 설치했다. 그 덕분에 일단 홀어머니들이 아이들을 마음 놓고 맡기고 연방정부에서 주는 직장을 다니거나 혹은 교육을 받고 새 직업을 얻게 되면서 흑인 아이들이 정상적으로 학교생활을 더 잘할 수 있게 되었다. 또한 방과 후에는 학교에서 아이들에게 특별 지도를 해서 홀어머니가 생활 터전에서 살아남을 수 있었다. 이렇게 획기적인 연방정부의 강력한 지원으로 소수민족의 미국 생활이 드디어 안정권에 들게 되는 이변이 일어났다. 그것이 미국의 환경 변화이며 문화혁명이었다. 학교의 문제를 교육적·사회적 환경 문제로 확대해서 해결 방안을 모색한 좋은 예였다.

(2015. 7. 30)

멋진 퀼트 작품처럼

가끔씩 참여하는 퀼트 모임에서는 여러 가지로 힘든 이웃들에게 아름다운 퀼트 제품을 만들어 기부한다. 그들이 예쁜 이부자리에서 따뜻한 꿈을 꿀 수 있기를 바라면서 말이다. 퀼트를 만드는 것은 자잘한 수고가 많이 드는 힘든 작업이지만 여러 봉사자들이 한 팀이 되어 열심히 일하다 보면 다양한 모양과 색깔의 천 조각들이 하나하나 모여 하나의 멋진 작품으로 재탄생된다. 아름다운 완성 작품은 마치 여러 인종과 다양한 종교가 모인 모자이크 무늬의 미국이란 나라 같다.

요즈음 신문 지상이나 방송 미디어에서 연일 보도하는 사건 사고를 보면 아름다운 모자이크 무늬가 허물어지는 느낌이다. '블랙 라이브즈 매터(Black Lives Matter)' 같은 구호와 함께 살인과 폭력이 여러 주에서 동시다발적으로 일어날 때 아름다운 모자이크 무늬의 미국이 얼룩져 보여 마음이 아프다. 사실, 그 모자이크 무늬는 겉으로만 화려했지 그 내면은 곪을 대로 곪아 밖으로 터져 나오는 중일지도 모른다. 청교도 정신에 입각하여 자본주의를 꽃피운 미국 사회가 목표 달성과 이익, 즉 결과가 더 중요하게 여겨지다 보니 과정과 문제의 원인이 경시되지 않았나 생각된다.

몇 년 전 애틀랜타 봉사 단체에서 노숙자들을 위해 봉사하는 분들이 그들의 발을 씻겨주고 나서 키스를 하는 것을 보았다. 봉사자들은 그들의 귀중한 주말을 바치고, 손수 만든 따뜻한 식사와 잠자리를 제공하는 것에 그치지 않고 노숙자들의 고통받은 발을 따뜻한 물로 깨끗이 씻어주고 키스를 하였다. '섬기는 자세'로 예수님의 진정한 사랑을 전하려 한 것이다. 그것은 나에게 신선한 충격이었다. 모든 것을 내려놓고 마음을 완전히 비우는 것이 바로 진정한 기독교인이라는 메시지였기 때문이리라.

따뜻한 밥 한 끼를 손수 만들어서 대접하고 고통스런 그들의 발을 씻어주는 진정한 배려, 노숙자들을 천사 혹은 형제 자매로 대하는 이웃 사랑이 사실 그들에게는 더욱 필요한 것일지도 모른다. 연례 행사로 구호품이나 기부금을 전달하는 것보다 예수님의 진정한 사랑을 지속적으로 전하는 L 목사의 봉사단체처럼 따뜻한 가슴으로 우리의 소외된 이웃의 아픈 데를 만져줘야 되지 않을까? 미국 사회의 문화가 개인주의에서 진정한 배려주의로 바뀌어야 하지 않을까?

우리 모두 제각각 다르지만 지속적으로 서로 존중하고 예수님의 사랑으로 이웃을 배려한다면 증오와 선동의 구호도 사라질 것이다. "세상에서 가장 아름답고 소중한 것은 보이거나 만져지지 않고 단지 가슴으로만 느낄 수 있다"는 헬렌 켈러의 말처럼 우리는 가슴으로 느껴지는 섬기는 자세, 사랑, 배려가 무엇보다 필요하지 않을까?

난 가끔 애견 공원(dog park)에 간다. 목줄을 채우지 않고 다른 개들과 자유롭게 뛰놀게 해주고 싶어서이다. 각각 다른 품종의 개들은 첫 만남에도 너무나 잘 어울려 논다. 저먼 셰퍼드, 래브라도 리트리버, 치와와, 불독, 비글, 닥스훈트, 푸들, 그리고 요크셔 테리어가 뜀박질도 하고 서로 뒤쫓기도 하고 가끔씩 키스도 하고 올라타기도 하며 서로 엉켜 논다. 그야말로 아름다운 모자이크 무늬의 멋진 퀼트 작품을 보는 듯하다. 그래서 그 공원은 잠시나마 나에게 평화롭고 즐거운 시공간이 되어준다.

(2015. 11. 10)

모르고 있다는 것을 모르는 것

몹시 춥고 안개와 구름이 자욱하게 낀 금요일 오후, 조용하고 평온한 집 안에서 낮잠을 자고 있던 강아지가 갑자기 짖어대기 시작했다. 이상한 냄새까지 풍겨왔다. 밖을 내다보니 넓은 뒷마당 끝자리에 두세 사람의 움직임이 안개 속에서 어렴풋이 보였다. 그들은 회색 운동복 차림에 머리는 악당들이 쓸 법한 후드를 푹 덮어쓰고 있어서 나이도 성별도 인종도 전혀 구별할 수 없었다. 처음에는 바닥에 뭔가를 뿌리는 것 같았는데 5분 정도가 지나니 총을 쏘는지 총소리가 들렸다. 총소리는 조용하고 평화롭던 뒤뜰을 통과해 우리 집과 이웃들을 진동시켰다.

얼마 전, 이웃 동네의 한 노인이 문간에 앉아 있다가 젊은이의 총에 살해되었다. 일명 '묻지 마 살인'을 일삼는 범죄자들 때문에 평생 총 없이 살아오던 6~70세의 노인들도 총을 구입하기 시작했다. 이런 사회적 분위기로 미루어봤을 때, 우리 집 뒤뜰 끄트머리에서 총을 쏘는 이들의 행위는 예사로운 일이 아니었다.

먼저 사진을 찍었다. 아무리 잘 찍으려고 해도 뿌연 안개 속에서 그들의 정체를 담아내기란 쉬운 일이 아니었다. 나가서 확인하려니 위험할 듯하고 경찰에 신고하기 전 남편에게 전화를 걸었다. 벨만 울릴 뿐이었다. 문자 메시지도 보냈다. 문을 꼭꼭 걸어 잠그고 911에 신고하려고 그들의 동태를 파악하고 있었다. 20여 분 후에 그들이 시야에서 사라졌다. 십년감수했다. 난 총을 좋아하지 않는다. 위험한 상황이 닥친다 해도 총은 구입하지 않을 생각이다.

며칠 후 저녁, 남편이 말한다.

"그때 뒤뜰에서 총을 쏘던 사람들 말이야, 우리 친척들이야."

너무 화가 나서 그들은 기본 예의도 없느냐고 따졌다. 남편 말로는 예의 있는 사람들인데, 자신이 실수한 거란다. 왜냐면 그가 언제든지 우리 집 뒤 숲에 와서 총 쏘는 연습을 해도 된다고 말했다는 것이다. 조지아 주에서는 자신의 소유지 내에선 사격 연습을 언

뒷마당 숲

제든지 할 수 있다. 그래도 그렇지 사려 깊고 양식 있는 사람이면 적어도 전화라도 한 통을 하거나 하다못해 문자 메시지로 '오늘 당신 집 쪽에서 사격 연습을 한다'고 한마디 해줄 수 있었을 텐데 난 그게 좀 아쉬웠다.

일본의 어느 작가가 임종하기 전 배우자에게, "나는 아직도 당신을 잘 모르오."라고 말했다고 한다. 평생을 같이 살았으면서 어떻게 그런 말을 할 수 있으냐 생각하겠지만, 사실 가족이나 가까운 이웃들이 고통을 당하거나 힘들어해도 본인이 직접 겪어보지 않은 이상 쉽게 알지도 이해하지도 못한다. 그런데 우린 얼마나 아는 척하고 이해하는 척하는가? 그건 우리가 모르고 있다는 것을 모르는 것을 알지 못하기 때문이리라.

한국에서는 영어 교사라면 영어뿐만 아니라 미국 문화까지도 잘 알고 있을 것이라고들 생각한다. 그러나 실상 영어 교사라고 해도 잡지, 뉴스, 책, 영화 등에서 얻은 간접 지식을 가지고 있을 따름이며, 이를 근거로 미국 문화를 이해하려고 할 뿐이다. 그리고 그들이 배운 간접 지식과 역사도 힘의 원리에 의해 쓰이기 때문에 완전히 객관적이라고 할 수도 없다. 힘 있는 자가 어떤 안경을 쓰고 사회를 보느냐에 따라 정보가 달리 전해지기 때문이다. 그래서 우리는 '모르고 있다는 것을 모르는 것'을 깨닫는 기회를 잡지 못할 수도 있다.

사실 나 역시 미국에서 실제로 생활하면서 미국 사회에 대해서 얼마나 몰랐던가를 깨닫기 시작했다. 지난해 메릴랜드 주에서 일어난 심한 폭동과 '블랙 라이브즈 매터' 이슈와 관련해 여러 명의 경찰들이 체포 구속되고 난 뒤 오바마 대통령이 한 말을 기억한다. "아직 소수인종의 문제는 해결되지 않고 많이 남아 있다. 내가 대통령이 되기 전에 어느 날 도로를 걷는데 나를 보자 사람들이 자동차 문을 걸어 잠그고 나를 경계하는 것을 직접 체험했다." 이 말을 듣는 순간 흑인 문제를 다각도로 생각하게 되었고 '모르고 있다는 것을 모르는 것'을 깨닫기가 얼마나 힘든가를 다시 한 번 느꼈다.

심리학자 칼 융의 이론처럼 '모르고 있다는 것을 모르는 것'을 깨닫기 위해서는 듣고 보고 읽은 지식 정보들을 모두 지우고 공백 상태에서 겸손과 사랑의 마음으로 우리의 이웃을 대하는 것이 단 한 가지 방법이자 최선의 방법일지도 모른다.

(2015. 12. 12)

20세기의 복서를 보내며

아주 어렸을 때 어른들이 "넌 커서 뭐가 될래?"라고 장래희망을 물으면 또래 남자아이들은 "난 알리 같은 권투선수가 될래요!"라고 대답했다. 1970년대 모하메드 알리(Muhammad Ali)는 세계적으로 유명한 권투선수로 대한민국 소년들의 롤모델이었다. 그 시절에 한국은 지금처럼 다양한 취미를 즐길 수 있는 여건이 되지 않아서 많은 젊은 남성들이 권투를 연습하는 모래주머니, 즉 펀치 백을 나무나 건물 천장이나 벽 또는 보조기구 등에 매달아놓고 알리를 흉내 내면서 연습하곤 했다.

1984년, 42세의 나이에 챔피언 알리는 파킨슨병을 진단받고 오랫동안 병마와 싸운다. 1996년 애틀랜타 올림픽 때에는 성화를 들고 뛰기도 했다. 2016년 6월 3일, 74세의 나이로 숨을 거두자 그의 장례식이 6월 10일 고향 켄터키 주 루이스빌에서 치러졌다.

그는 1960년, 18세라는 어린 나이에 세계 챔피언이 되어 금메달을 목에 걸고 세계 최고의 주먹임을 입증했지만 우승 후 얼마 지나지 않아 이슬람교로 개종하고, 캐시어스 마르셀러스 클레이(Cassius Marcellus Clay, Jr.)라는 이름을 노예의 이름이라 비판하면서 모하메드 알리로 개명했다. 그리고 1960년대 시민운동에 참여하여 소수인종의 자존심을 높이고 백인 주류 사회에 반기를 들었다. 1966년에는 종교적 신념에 따라 미국이 월남전에 참가하는 것을 거부하면서 반전 데모에 참여하기도 했다.

내가 어릴 땐 그는 단순히 대한민국 남자아이들의 영웅이었다. 그가 반사회적이고 급진적인 행동을 표출했고 또 본인의 이름을 버리고 개명했다는 것을 전혀 알지 못했다. 그러나 오랜 미국 생활로 미국 사회를 더 깊이 이해하게 되면서 그가 살았던 배경도 알고 그의 행동을 이해하게 되었다.

1960년대 세계 최고의 주먹을 가진 장래가 아주 촉망되는 한 젊은이가 두께 1밀리미터도 안 되는 피부의 색깔 때문에 모순된 사회제도 아래에서 엄청난 불평등을 당해야 했다. 백인 중심의 기독교 사회의 모순을 월남전 반대와 개종으로 표현하며 소수민족 입장에서 보면 모순투성이인 당시 미국 사회를 질타하지 않았나 싶다. 모하메드 알리는 소수민족으로서 자존심을 지키고 모순된 사회제도에 강력한 주먹을 날림으로써 소수민족의 힘과 자존감을 보여주었다.

얼마 전 미셸 오바마가 술회했다. "지난 7년간 백악관 생활을 하면서 매일 아침 과거에 노예들이 지은 건물에서 눈을 뜰 때마다 아품을 느껴왔다." 가해자는 모르지만 피해자인 소수민족은 뼛속까지 스며든 그 아픔이 쉽게 사라지지 않는다는 것을 잘 알고 있다. 그렇지만 덕은 덕으로 갚고 원한은 곧음으로 갚는다는 공자의 말씀이 생각난다. 우리 대한민국 국민은 일제 치하에서 36년간 뼛속까지 스며든 그 아픔을 겪었지만 일본의 장점을 알고 우리의 단점을 받아들여서 일본보다 더 나은 대한민국을 만들기 위해 지난 반세기 동안 노력해왔다.

미셸 오바마가 태어나보니 소수민족이었던 것처럼 백인의 후손들 가운데에도 그냥 태어나보니까 조상들이 만들어놓은 모순된 제도에 의해 움직이는 사회에 존재하게 되었다고 탄식하는 이들이 많다. 중요한 것은 원한을 곧음으로 갚는다는 공자의 말처럼, 그리고 지난 7년간 모순된 사회제도를 오바마 대통령 부부가 앞장서서 바꾸어왔던 것처럼, 모든 미국인들이 계속해서 노력하여 어느 민족이나 차별 없이 균등하게 대우받도록 노력하는 것이다. 그것이 이미 세상을 떠난 고인들과 다음 세대들이 바라는 아름다운 모습일 것이다.

(2016. 6. 10)

인종차별

이 책에서 모자이크와 같은 나라인 미국의 가장 어두운 면인 인종차별과 관련하여 '에모리 박사님'에 대한 이야기를 쓴 바 있다. 인종차별은 미국에서뿐만 아니라 세계 어디서나 일어날 수 있다. 다수(majority)가 소수(minority)에게 혹은 소수가 소수에게 불평등하고 차별적 대우를 하는 것이 바로 인종차별이다. 대다수의 한국인 이민 1세대는 유교 사상에 젖어 참고 침묵하는 문화와, 강대국들의 틈바구니에서 살아온 약소민족으로서의 처신주의가 혼재된 특성을 미국 이민 생활에서도 드러내는 것 같다. 다음 세대의 행복을 위해서 우리는 한국인에 대한 어떤 인종차별적 문제에도 침묵하지 않고 제거하기 위해 노력함으로써 다음 세대에게 좋은 풍토를 물려줄 수 있을 것이다.

이제 미국 사회에서 흑인들은 그들의 권리를 잘 찾고 있는 것 같다. 몇 해 전에 플로리다의 어느 한국 식당은 흑인 손님에게 계산서에다 팁을 포함시켜서 인종차별로 고소당했다. 예를 들면, 10달러의 음식 값에 1.5달러의 팁을 추가해 넣은 것이다. 푼돈 얼마 받으려다가 몇억을 잃었다고 언론에도 보도되었다. 단돈 1센트라도 인종차별적 행위에는 가만 있지 않겠다는 그 손님의 의지와 흑인 사회의 공통된 생각이 행동으로 나타났기 때문이다.

흑인 입장에서는 다른 손님들에게는 그러지 않았는데 자신에게만 팁을 계산서에 넣었으니 차별은 차별이다. 한편 소규모로 운영되는 한국 식당 입장에서는 억울한 점도 있을 것이다. 한국 식당에서는 그 흑인이 팁을 안 주기로 이미 잘 알려져 있었기에 그때 한 번 그 손님의 의사와 관계없이 몇 푼 안 되는 팁을 계산하여 청구한 것이다. 미국인들은 한국인처럼 눈치 보지 않고 내가 기분이 안 좋다 혹은 서비스나 음식이 맛이 없었다고 생각하면 1센트도 팁으로 줄 필요가 없고 아무도 불평할 수가 없다.

이런 비슷한 인종차별적 불평등은 과거부터 무수히 많았고 흑인들은 오랜 세월 동안 싸워왔다. 흑인들은 이런 사소한 팁 사건도 그냥 지나치지 않는다. 그럼 우리는 어떠한가?

한국인은 참는 것을 미덕으로 알고 불평을 늘어놓는 것을 양반답지 못하다며 부정적으로 여겨왔다. 도리어 이상하게 생각해왔다. 그런 유교적 문화 속에서 한국인들은 자신도 모르게 참는 것에 익숙해져 있다. 그리고 특히 미국에 자리 잡은 한국인들은 학식이 있거나 없거나, 교육을 받았거나 안 받았거나, 남녀노소를 막론하고 대부분이 마음 편하게 소규모 사업, 소위 '장사'를 한다.

그러나 한국인은 한국인일 수밖에 없다. 우리 다음 세대는 학교를 졸업하고 미국인들과 어깨를 나란히 하며 직장 생활을 해야 한다. 우리 다음 세대가 모자이크 같은 미국 사회에서 다른 인종과 더불어 잘 살아갈 수 있도록 흑인 사회처럼 한인 사회의 힘을 보여 줘야 한다. 다음 세대가 직장에서 그들의 공간과 권리를 가지도록 우리가 바닥을 잘 다져놓아야 한다.

한국 영사관을 비롯하여 한인회, 체육회, 평화통일자문회 등 많은 한인 기관 및 자치단체가 있다. 몇천 달러의 장학금 행사도 중요하지만 지금도 북미 대륙의 직업 현장에서 인종차별의 부당함을 참고 침묵한 채 하루하루를 버텨내는 많은 1~2세대들이 있다는 것을 인식하고, 그들이 당하는 차별에 귀를 기울이고 주시해야 할 것이다. 지난주에 읽은 장석주 시인의 「밥」 몇 구절을 생각해본다. "사람은 왜 밥을 먹는가/살려고 먹는다면 왜 사는가"를 생각하고, "내가 마땅히 지켰어야 할 약속과/내가 마땅히 했어야 할 양심의 말들을 파기하고/또는 목구멍 속에 가두고/그 대가로 받았던 몇 번의 끼니"를 부끄럽게 생각한다.

올 가을에는 특히 어둠 속에 있는 모든 한국 이민자들에게 밝은 빛이 비추기를 빌어본다.

(2016. 9. 2)

편견의 편견

'선입견'은 '어떤 사람이나 사물 또는 주의나 주장에 대해서 직접 경험하지 않은 상태에서 이미 마음속에 굳어진 상태'를 말한다. 선입견의 유사어로 쓰이는 '편견'은 좀 더 부정적인 의미가 강하다. 편견은 한자어로 '치우쳐서 바라본다'인데 이는 '공정하지 못하고 한쪽으로 치우친 생각이나 견해'를 말한다. 편견의 일반 의미는 '특정 인물이나 사물 또는 뜻밖에 일어난 일에 대해서 가지는 한쪽으로 치우친 판단이나 의견'을 가리킨다. 편견은 주로 사회학적 의미로 자주 거론되며 보통 '어느 사회나 집단에 속하는 다수의 사람들이 특정 대상에 대해서 간직하는 뿌리 깊은 비호의적인 태도나 믿음'을 말한다.

영국의 유명한 대문호 윌리엄 해즐리트(William Haslet)는 "편견은 무지의 소산이다"라고 했다. 한국은 사회적인 편견을 최소화하여 선진 국가로 나아가고자 노력하고 있다. 그 방편으로 몇 년 전부터 한국의 공립학교에서는 '다양성과 그 다양성에 대한 존중'을 강조하는 교육 프로그램들이 실시되고 있는데 이것들은 매우 고무적이다. '다름'을 강조해서 사회에 존재하는 약자에 대한 공감과 호감을 높이려 했다.

미국은 다른 나라에 비해 아주 다양한 종교, 문화, 가치관을 가진 인종들이 모자이크처럼 모여 조화를 이루어 사는 나라이니 편견이 거의 없을 거라고 생각했다. 그러나 오랜 미국 생활로 경험한 미국 사회는 편견의 문제에 더 많이 갈등하는 이율배반적인 모순을 보였다. 다시 말하면 대부분의 편견이 사회 및 집단 안에서 오랫동안 이어져 사회 구성원인 가정이나 이웃 어른들로부터 편견을 배우고 익히게 된다. 하지만 나를 비롯한 많은 외국인들은 미국인의 경우 다른 문화, 종교, 가치를 가진 인종들과 의사소통할 기회가 많으므로 편견을 없애거나 최소화하여 사물을 좀 더 합리적, 구체적, 객관적으로 볼 수 있을 것이라 생각해왔던 것이다.

어느 날 남편이 학교 행사로 국가와 국기에 대한 맹세를 할 때였다. 모두가 서 있는데 한 직원이 서지 않고 앉아 있어서 학교 지도자들이 고민을 했다고 한다. 그 교사는 자신이 믿는 종교를 앞세워 학교의 규칙에 따르지 않았다는 것이다. 어느 날 그 동료가 자동차 문제가 생겨 편견이 거의 없는 남편에게 차를 태워달라고 부탁했다. 남편은 평소보다 훨씬 일찍 일어나 그의 집에 가서 그를 태워 출근하고, 저녁엔 다른 약속을 미루면서까지 그를 데려다주었다. 난 호기심에 남편에게 옆에 앉았던 그가 어떠했는지 유도신문

(?)을 했다. 남편은 간단히 "그는 좋은 사람인 것 같았다"고 말했다. 다른 사람들과 별로 다를 게 없으니 특별히 묻지 말라는 태도였다.

남편은 편견이 거의 없다. 공공장소에서 장애인들을 만나면 본인이 먼저 인사하고 간단한 인사말까지 건넨다. 그래서 어떤 식당에서 일하던 장애 청년은 남편을 형님으로 모시고 싶다면서 우리가 갈 때마다 '가족 특별 할인'을 해준다. 남편은 사람들에게 똑같이 마음에서 우러나오는 진정한 미소와 다정한 인사말로 먼저 다가간다. 가끔씩 난 그의 장점을 배우고 싶지만 쉽지 않다.

최근 미국의 민주당을 지지하는 진보적 성향의 인터넷 미디어들은 호모포비아(Homophobia, 동성애 혐오), 이슬람포비아(Islamo-phobia, 이슬람 공포증)를 자주 거론하고 비판한다. 편견은 버려야 하지만 가끔씩은 편견이 왜 생겼는지 그 원인을 분석하고 해결 방안을 제시하는 것도 중요한 것 같다. "편견에 바탕을 둔 견해는 항상 큰 폭력에 의해 유지된다"고 스코틀랜드의 판사이자 문학비평가 프랜시스 재프리(Francis Jeffrey) 경이 말한 것도 고무적이다.

미국을 비롯하여 지금 세계는 모두가 극과 극으로 내닫는 대치로 갈등하고 긴장하고 심지어 공포감이 퍼져가고 있다. 우리 모두가 잘 사는 평화로운 사회를 만들기 위해 어떻게 편견을 최소화할 수 있을까? 편견이 편견을 낳는 악순환을 어떻게 없애고 최소화할 수 있을까?

영국의 철학자이자 정치사상가 존 로크(John Locke)는 편견에 대해 이렇게 말한다. "모든 사람들이 자신은 개입되지 않는 것처럼 다른 사람의 잘못된 편견에 대해 불평을 한다. 그렇다면 치료 방법은 무엇인가? 그것은 모든 사람들이 다른 사람의 편견을 놔두고 자신의 편견을 반성하는 것이다."

오늘 난 거울 앞에서 남편을 다시 생각해본다.

(2016. 6. 24)

공식과 비공식 1

몇 년 전에 나는 A라는 문학단체에서 활동한 적이 있다. 이 단체
는 여느 단체와 마찬가지로 월회비로 취미 활동도 하고 가끔 불우
한 이웃도 도우면서 매년 작품집도 발간하는 소규모 비공식 비영
리단체이다. 조지아 주정부에 공식 비영리 법인으로 등록한 2016
년까지는 그 단체의 활동 내용과 사용 경비를 정부와 국세청에 공
식적으로 보고하지 않고 오랫동안 활동했으니, J 세무 전문가의 입
장에서 말하자면 유령 단체로 20여 년간 활동한 셈이었다.

A 문학 단체처럼 그 활동 내역을 연방정부나 주정부에 보고하지
않는 소규모 비공식 비영리단체를 유령 단체로 보는 것에는 좀 무
리가 있는 것 같아 지난 몇 주간 미국의 비영리단체와 관련하여 여
러 가지 법적 문헌을 조사하고 상담해보았다.

우리가 속한 지역사회에서 각종 비공식 비영리단체들을 아주 쉽
게 목격할 수 있다. 예를 들면, 각종 계 모임, 학교 동기회, 동창회,

시인 동인, 골프 동호회, 축구 동호회, 걷기 모임, 등산회 등, 이런 비공식 비영리단체들은 정기적으로 모임을 가지고 회원들이 내는 회비나 외부 단체의 기부로 취미 활동도 하고 불우이웃을 돕기도 하며 지역 주민들을 위해 특별한 행사도 가진다. 그러나 이들 중 대부분이 정부나 국세청에 그들의 자세한 활동 기록과 수입과 경비 지출 내역을 공식적으로 보고하지 않으므로 세무 전문인의 입장에서는 이들도 유령 단체인 셈이다.

특히 남을 돕고 기부하는 것이 생활화되어 있는 미국 사회에서는 이런 비영리 활동들이 더욱 활발하고 비공식 단체들이 셀 수 없을 정도로 많다. 예를 들면, 집에서 쓰던 물건들을 모아서 불우이웃을 돕는 소규모 모임, 재능을 기부하는 퀼트 모임, 노래 부르기 단체, 독서회, 작가회, 악기 동호회, 매주 모이는 각종 골프 동호회, 자전거 모임, 오토바이 동호회, 앤티크 자동차 동호회, 등 미국인들의 일상생활이 비공식 비영리 활동으로 가득하다.

이와 같은 비공식 비영리단체들을 미국 정부는 어떻게 양성화하고 더욱 활성화하고 있는가? 내가 조사한 바에 의하면 연간 총수입이 5천 달러 이하인 소규모 비공식 비영리단체의 경우 세금 혜택을 주고 그 단체의 기부자에게도 '501(c)' 격*의 세금 혜택을 주고 있다. 어려운 이웃을 도우려는 미국 시민들을 배려하는 행정의 한

---

* 　미 연방 세무부가 비영리 사업체에게 '공식적인 비영리단체'로 인정해주고 그 사업체의 기부자에게 세금 혜택을 인정해준다는 연방정부가 발급해주는 증서.

사례이다.

　비공식 비영리단체를 조사하면서 어릴 때 과학 선생님께서 하신 말씀이 기억난다. 아주 민감한 어느 과학도가 세균을 연구하기 위해 개발된 미세 현미경으로 집 안의 모든 것들을 들여다보니 음식물은 물론이고 그릇, 부엌 용기 등 모든 것에 세균이 득실거렸다. 그 과학자는 세균 공포증으로 아무것도 먹을 수 없어 결국 굶어 죽었다고 한다. 세균은 우리와 공존하면서 살아왔고 앞으로도 그럴 것이다. 법과 제도도 좋은 일을 하는 이들에겐 '규제'만이 아닌 '도움'을 주는 세균이 된다는 것을 배운 것 같다.

(2017. 3. 22)

공식과 비공식 2

한국의 경제가 어려워 장애인들을 돌볼 사회적 지지기반이 없던 80년대, 어설픈 시설에 수용되거나 버려진 한국 장애아들을 멀고 먼 서양의 미국인들이 입양해간다는 기사를 접할 때마다 눈시울이 뜨거워졌다. 그들은 경제적, 교육적 도움뿐 아니라 의료적 도움을 주어 신체 장애를 가진 아이들에게 수술의 기회를 주어 장애를 치료받고 제2의 인간다운 삶을 선물해주는, 국가를 초월한 인류애로 진한 감동을 주었다.

미국인들의 기독교적 사랑은 동물에게도 이어지는데, 동물 보호소가 거의 모든 지역에 있어 버려지거나 병든 동물들을 보호하고 치료한다. 동네를 걷다 보면 병든 동물들을 유모차에 태워 운동을 시키는 이웃도 자주 볼 수 있다. 어떤 이들은 작고 예쁜 가방을 메고 개와 산책을 하는데 그 가방 안에는 개가 실례를 할 경우 바로 깨끗이 치울 수 있는 비닐봉지 등 개에 필요한 용품들이 들어 있다. 마치 어머니들이 외출 시 어린아이들을 위해 필요한 것들을 가방에 넣어 메고 다니는 것과 비슷하다. 동물에까지 미치는 박애 정신은 비공식적 자선이 생활화된 미국 사회의 모습이다.

그런데 시내 흑인 지역에서 오랫동안 일해온 한 지인이 자선단체는 소수민족이 먹고살기 위해 연방정부로부터 지원금을 받으려고 만드는 것이라는 말을 한다.

사실 지난 몇 년간 자선단체에도 커다란 변화가 일어났다. 국방과 노인 복지 관련 예산을 대폭 삭감하고 대신 소수민족을 위한 연방 지원 프로그램을 대폭 확대했다. 예를 들면, 주택 구입 보조, 유치원과 유아원, 방과 후 프로그램, 개인 지도 프로그램, 타이틀1 프로그램, 특별 간호 프로그램, 싱글 맘을 위한 대학 및 직업 프로그램, 부모 특별 교육 프로그램 등 셀 수도 없는 수많은 연방정부 지원 공식 자선단체가 대도시 뉴욕을 비롯하여 곳곳에 기하급수적으로 생겼다. 반면에 제대 군인들이나 부상당한 군인을 위한 연방정부의 지원이 대폭 삭감되어 이들을 돕는 비영리단체와 광고가 기하급수적으로 많아지는 기괴한 일이 벌어졌다. 또 노인 복지, 특히 의료 혜택이 대대적으로 삭감되어 노인이 되면 차라리 감옥에 가면 더 나은 대우를 받을 수 있다는 농담을 할 정도였다.

내가 몇 년 동안 야심차게 진행해온 매크로연구소의 부모 교육 프로그램 중 '베드타임 리딩(Bedtime Reading)'이라는 게 있다. 가정 문제에서 비롯된 대도시 청소년 폭력 범죄 문제를 없애거나 최소화하고자 하는 사회교육학적 접근으로, 싱글 맘들에게 주 1회 독

서 프로그램을 실시
하면서 아이들과 부
모의 깊은 대화를 통
해 삶의 지혜를 이끌
어내 보다 나은 부모
와 아이의 관계를 형
성하고 건전한 가정
과 사회를 만드는 데

구세군 가족 보호소

도움을 주고자 기획한 것이다. 프로그램을 실시하면서 나는 구세
군(Salvation Army)에 대해 자세히 알게 되었다. 각 지역의 구세군
단체는 중앙의 도움 없이 지역에서 기부금을 받아 살림을 각자 꾸
려가고 있었다. 나도 베드타임 리딩 프로그램을 운영하면서 지역
도서관에서는 도서를, 교회에서는 필요한 물품을 기증받고 부족한
비용은 나의 용돈을 아껴서 사용해왔다.

전 세계적으로 광고하여 받아들이는 구세군 중앙 단체의 막대
한 기부금이나 지원금이 어디에 쓰이는지 아무도 모른다. 우리가
아는 지역의 구세군과는 전혀 상관이 없다는 것이다. 얼마 전 의
료 관련 일을 하는 분의 말씀에 의하면 기부를 받아서 산더미처럼
실어 보낸 귀중한 의약품이 아프리카 대륙에 도착하자마자 갱이
나 테러 단체에 의해 모두 강탈당하고 실제 지역 주민에게는 보잘
것없는 물건만 보내져 자선을 필요로 하는 이들이 혜택을 보지 못
하는 사례들이 아주 많다는 것이다. 1센트의 기부라도 도용되거나

해외 테러에 사용되는 것을 막기 위해 거대 단체의 자선 행위는 더욱 신중해져야 할 것 같다.

(2017. 3. 29)

원한을 곧음으로 갚다

내가 아주 어렸을 때 아버지는 전답과 집을 팔아서 다른 지역으로 이사하셨다. 이사 후 바로 다른 전답과 집을 구매하기에 좋은 상황이 아니어서 임시 거처를 정하시고 현금을 얼마간 가지고 계셨다. 그런데 사업이 어려워지신 교회 장로님이 아버지에게 도움을 요청하셔서 현금을 모두 빌려드렸다. 그런데 약속대로 갚지 않으셔서 아버지와 어머니가 큰 고통을 당하시는 것을 보았다. 그리고 여러 번 독촉하셔도 갚지 않아서 아버지는 빌려준 현금을 받는 것을 포기하시고 그 일을 잊으시려 했다. 그 당시 학생이었던 언니들은 과거의 일을 잘 알고 빚 독촉 심부름도 했던 터라 지금도 굶는 한이 있어도 남의 돈을 빌려 쓰지 않는다. 목회를 하시던 아버지는 법적 조치도 혹은 몸싸움도 하지 않으시고 참고 기다리시다가 그 일을 잊으시는 것 같았다. 어떤 일에서 감정을 앞세우기보다는 평정한 마음으로 상황을 판단하여 꿋꿋이 나아가는 모습을 보여주셨다.

여러 가지 개인적인 이유로 커다란 위기를 겪고 있는 분들이 많을 것이다. 대외적으론 각자의 개인 생활에 영향을 주는 사회적 혼란, 즉 이기심과 질투심으로 인한 폭력, 살인, 전쟁, 그리고 인종 문제, 종교적 배타성 등이 끊이지 않는다. 이런 상황에서 종교로 평온을 찾으려는 이들에게 기독교나 가톨릭은 예수님의 사랑을 가르치며 "타인을 내 몸과 같이 사랑하라."라고 한다. 불교에선 부처님의 자비심을 가르치며 "가난하고 헐벗은 이웃에게 자비를 베풀라"고 한다. 이러한 종교적 가르침을 실천하기 위해 노력하지만 성인이 아니고선 여간 어려운 일이 아니다.

『논어』에서 공자는 "원한을 곧음으로 갚고 덕은 덕으로 갚으라"고 했다. 중일 전쟁 중에 일본이 저지른 난징 대학살 등 잔학한 행위에도 불구하고 전쟁 후 중국인은 수천 명의 일본인 전쟁고아를 돌봤고 일본인의 귀국까지 도왔다는 기록이 있다. 원한이 있는 자에게 '사랑하고 미워함과 취하고 버림'을 '한결같이 공평하고 사사로움 없이 하는 것'이 '곧음'이다. 즉, 평정을 잃지 말고 바른 눈을 가지고 바른 생각으로 상황에 대처하는 것이 중요하다.

일제강점기에 일본이 비인간적이고 악랄했던 것도 우리 한국인들은 곧음으로 갚았던 것 같다. 모든 것을 용서하고 사랑하라는 예수님이나 부처님의 가르침은 실천하기 힘들 것이다. 여기서 내가 언급하고 싶은 것은 공자가 말한 곧음이다. 즉 사사로움 없이 공평한 마음으로 일본에 대처해왔다고 본다. 일본과의 무역 거래를 통해 그들의 장점을 파악하고 우리의 단점을 끊임없이 연구하여 일본보다 나은 현재의 대한민국으로 발전시킨 것 같다.

지금, 미국은 대통령 선거와 인종 문제 그리고 종교적 갈등으로 역사상 유례 없는 사회 혼란의 정점으로 가고 있다. 나는 여기서 잠시 공자의 곧음(Right View and Right Mind)을 강조하고 싶다. 예를 들면, 내가 소수민족으로 태어나서 억울한 일을 많이 겪어 뼛속까지 미움이 박혀 있을지라도 먼저 평정심을 유지하여 바른 눈을 가지고 바른 생각으로 상황에 대처하는 것이다. 원한 대상의 장점을 파악하고 나의 단점을 연구하는 용기를 가지면 내가 그 대상보다 나아질 것이고, 이것이 바로 결국 원한을 곧음으로 갚는 길이다.

중동에서의 종교전쟁도 유럽과 여러 지역에서 테러리스트들도 공자의 가르침대로 원한을 곧음으로 갚는다면 그들이 주장하는 종교나 이론이 폭력과 살인을 수반하는 전쟁 없이 전파될 수 있을 것이다. 세상에 완전무결한 자는 없다. 다음 세대를 위해서도 원한 대상의 장점과 나 자신의 단점을 정확히 직시하는 용기가 필요하며 이를 토대로 꿋꿋이 나아가는 것이 무엇보다 중요하다. 곧음이란 평정심으로 나의 감정을 일단 내부적으로 통제하고 내가 처한 바를 바른 마음가짐으로 보고 판단해서 행동으로 옮기는 것이다. 이는 다른 사람들을 내가 지향하는 방향으로 이끌 수 있는 원동력이 된다.

(2016. 5. 29)

가라지 세일에 관한 편견

가라지 세일(garage sale)이란 미국인들이 쓰던 물건들을 자기 집 차고(garage)에 진열해서 이웃이나 방문객들에게 파는 행위를 말한다. 이런 세일은 주로 주말에 이루어지며 미국에서 흔히 볼 수 있는 풍경이다. 가라지 세일 정보는 주로 지역신문이나 도로 가에 세워둔 표지판에서 찾을 수 있다. 가격은 천차만별이지만 대부분 정가의 반의 반 값도 안 되는 아주 싼 값에 팔며 물건의 출처를 잘 알수 있어서 많은 이들이 서로 신뢰하고 이용한다.

지난 몇 년간 남편이 학교 학생들을 위한 교육 자료를 찾다가 가라지 세일에서 아주 싼 가격에 원하던 물건들을 구할 수 있었다. 그때부터 우리는 가라지 세일을 곧잘 이용한다. 어느 날 지인의 집에 저녁 식사 초대를 받아 방문하게 되었는데 그 한국인 부부도 주말이면 가라지 세일을 즐겨 찾는다고 한다. 그런데 그들이 가라지 세일 경험을 이야기하며 인종차별적 발언을 하는 것이다.

"이상하게도 가라지 세일에 가면 그곳을 방문하는 사람은 거의 99퍼센트가 백인이에요. 역시 백인은 여유를 가지고 골동품을 모으는 고상한 취미를 가지고 있는 것 같아요."

이 부부는 영어에 서툴며 평소엔 바쁜 일상을 보내다 보니 미국 사회와 문화를 잘 알 기회가 없었다. 그래서 그들은 미국의 외면적 현상만을 보고 이런 편견을 가지는 것 같다. 난 그들에게 미국 역사, 사회 체제 그리고 문화에 대한 부연 설명을 해야 할 의무 같은 것을 느꼈다.

흑인의 역사를 보면 그들은 왜곡된 제도 아래에서 제대로 된 교육을 받지 못하고 심한 차별을 받았기에 생활이 피폐할 수밖에 없었다. 그런 가난과 차별적 대우는 가정의 파탄과 자녀들의 탈선으로 이어져 흑인 사회가 오랫동안 개선되지 못하는 결과를 초래했다. 이런 악조건이 오랫동안 되풀이되면서 가라지 세일에서 골동품을 찾아서 모으는 취미는 그들에겐 사치일 뿐이리라. 흑인이 거의 없는 가라지 세일은 미국이 오랫동안 지속해온 잘못된 사회 정치제도의 결과라고 설명해주었다. 그 부부는 그제야 고개를 끄덕였다.

단지 피부가 검다고 해서 흑인들을 차별하는 사회제도와 정치제도를 만들고 운영해온 그 오랜 역사를 보면 참담하다. 교육을 받고 깨어난 흑인 지식인들은 왜곡된 미국 사회를 보면서 얼마나 한탄했을까? 백인우월주의와 사랑을 베푸는 기독교 원리의 이율배반적 모습을 보고 얼마나 심한 냉소를 던졌을까? 어쩌면 백인보다 흑인들이 예수님의 사랑을 더욱 철저하게 몸소 실천했던 것 같다. 즉 그들은 피부색으로 차별하는 백인들을 예수님의 사랑으로 용서하는 실천하는 기독교인이었던 것이다. 그래서 남부의 흑인들이 더욱 독실한 기독교인이었지 않나 생각된다. 그들은 여전히 남부에 남아서 과거의 백인들의 엄청난 비인간적인 차별을 참고 기독교적 사랑으로 용서하며 백인들과 섞여서 잘 살고 있다.

난 어렸을 때 부모님은 왜 나를 더 예쁘게 낳지 않았을까, 왜 나에게 백옥 같은 피부를 만들어주지 않았을까 등 온갖 투정을 부려서 부모님을 당혹스럽게 만든 적이 있다. 지금 생각해보면 거의 모든 사람들이 나름대로 불만족스러운 점들을 가지고 살아간다. 어떤 것들은 해결되지만, 극복할 수 없는 하나의 장애처럼 평생 해결하지 못한 채 그냥 체념하고 살아가는 경우가 더 많다. 그러나 복지사회는 어둠 속에서 고통받고 소외된 이들을 위해 여러 가지 제도를 만들어 보호하고 있다. 남성 중심 사회에서 차별받는 여성에 대한 특별 정책이나 사회 적응이 힘든 장애인에 대한 제도적 차원의 배려가 한 예이다. 미국에서도 의식 있는 백인들의 활동과, 교육받은 흑인들의 노력으로 제도적 악습을 없애고 흑인들의 사회적 위상을 드높일 수 있었다. 그렇지만 흑인에 대한 사회 전반적인 의식도 바뀌어야 하며, 의식 있는 이들이 꾸준히 계몽하며 사회적 편견을 개선해야 한다.

오랜 미국 생활에서 얻은 교훈 중 하나가 흑인과 그들의 역사, 그리고 그들이 받은 차별에 대한 편견을 바꾸었다는 것이다. 그럴

수 있는 기회를 잡아서 얼마나 다행인지 모른다. 이런 변화에 감사
하며 나도 미국 사회에서뿐만 아니라 한국 사회에서도 잘못된 편
견을 없애는 데 나의 재능을 사용하고 싶다.

(2016. 9. 24)

KKK와 『바람과 함께 사라지다』

조지아 가을 낙엽을 밟고 싶어 하는 남부의 촌놈인 남편과 함께 여느 때처럼 저녁을 먹으러 간다. 선거 열풍으로 정치인들이 다시 인종차별 문제를 거론한다. 사춘기 때 한국에선 누구나 한 번쯤 읽어봤을 세계문학의 명작 『바람과 함께 사라지다』를 이젠 미국에서 거주한 경험을 바탕으로 다른 시각으로 바라보는 나 자신을 발견한다. 인종 문제는 강력한 법으로 규제해도 완전히 해결될 수 없는, 어느 곳에서나 있을 수 있는 인간사회의 모순인 것 같다.

식당에서 저녁 식사를 하던 중 남편이 갑자기 말한다.

"이제 KKK 회원이 되고 싶어도 될 수가 없어."

남편은 외모는 백인이지만 가장 백인답지 않은 사람이다. 흑인이나 히스패닉이나 인디언이나 무슬림이나 아시아인이나 그 어떤 인종에게도 편견 없이 겸손하고 세심하게 배려하는 사람이기에 갑작스런 KKK 언급에 난 깜짝 놀라 그를 빤히 쳐다봤다.

"무슨 엉뚱한 소리야?"

"오래전에는 외국인과 결혼한 백인은 KKK 회원이 될 자격을 박탈당했대."

나는 어이가 없어 쏘아주었다.

"요즘 KKK가 어디 있어? 오바마 정부가 들어서 그 백인우월주의 단체의 씨조차 말려 없애버렸는데, 무슨 자다가 봉창 두드리는 소리야? 제발 헛소리 하지 마."

예전엔 '백인이 외국인 여성과 결혼하면 일단 KKK 조직의 회원 자격을 상실한다'는 규칙이 있었단다. 어이없는 역사적 사실이다. 그러나 KKK가 아직 미국에 존재한다면 나에게 일어났을 일들을 한번 상상해보려고 한다.

난 일단 백인들이 거주하는 지금의 동네에 들어오기도 힘들었고 살기는 더욱 어려웠겠지? 그리고 그들이 이용하는 식당에도 자유롭게 못 들어갔겠지? 예전에 흑인들이 겪었던 사회의 온갖 차별로부터 나도 예외가 아니었겠지? 아, 인종의 다름이 그렇게도 문제가 되었나? 그 인종 문제가 실감이 잘 나지 않지만 흑인들이 당했던 문제를 나의 문제로 생각하고 그들의 아픔을 이해하려고 노력해본다. 그렇지만 직접 당해보지 않은 나로서는 상상의 한계를 바로 느낀다.

미국에서는 2월을 흑인 역사의 달(Black History Month)로 정하여 매년 여러 가지 기념 행사가 열린다. 특히 학교에선 역사적 기록을 담은 비디오나 영화를 보여주는데 우연히 과거 백인들이 흑인들에게 저질렀던 잔인한 모습을 보게 되었다. 흑인들은 백인 여성과 연애하면 용서받지 못했으며 교육도 제대로 받을 수 없었다. 그들이 갈 수 있는 식당, 학교, 거주 지역 모두 백인 지역과 분리되었다. 이 모든 제약들이 단지 피부가 검다는 이유로 자행되었던 것이다. 흑인들의 입장에서 그들의 고통을 이해하려고 하면 갑자기 백인들의 이율배반적인 모습이 나의 뇌리에 아른거린다.

미국이 청교도 정신에 입각하여 건국된 기독교 국가라는 데 생각이 미치면 백인들이 흑인들에게 자행했던 악행이 떠오르면서 '모순이 가득한 미국'이라고 생각된다. 성경에서는 네 이웃을 네 자신같이 사랑하라고 예수님의 사랑을 전파한다. 교육받고 의식 있던 흑인들은 백인 사회가 얼마나 이율배반적인 기독교 사회인지 느꼈으리라. 한 가지 예가 모하메드 알리이다. 세계적 영웅인 권투선수 모하메드 알리가 세상을 떠났을 때, 남편이 말했다.

"훌륭한 권투선수였지만, 미국인들에게는 반체제 인사로 지목되어 한동안 사회적 물의를 일으켰어."

즉 그는 유명한 권투선수가 되고 철이 들자 사회 전반에 뿌리 내린 인종차별적 요소에 반항하며 종교를 이슬람으로 개종하고 이름도 이슬람 이름 모하메드 알리로 바꿨다.

난 아주 어렸을 때, 한국에선 그의 이름이 이슬람식인 것조차 의식하지 못한 채 한국의 많은 아이들처럼 싸움을 가장 잘하는 운동선수로, 한국 젊은이들이 우상시하는 인물로만 인식했다. 그러나 미국 생활을 오래 하며 미국의 인종 문제를 체감한 후 그의 이슬람 개종과 그에 따른 개명이 무엇을 의미했는지 늦게나마 알게 되었다. 그리고 흑인들이 과거에 제도적 차별을 당하며 겪은 아픔이 어느 정도였는지 좀 더 이해하게 되었다.

한국에서도 이제 그 아름다운 작품, 『바람과 함께 사라지다』가 흑인들에게는 얼마나 아픈 인종 문제의 산물이었는지를 상기시켜 주는 기회가 있었으면 좋겠다. 흑인들에 대한 한국인들의 인식과 흑인들의 자존감을 높이는 무엇인가가 되고 싶다. 그렇지만 어떤 종교처럼 파괴와 살인과 폭력을 동원한 문제 해결 방법은 배척한다. 평화적인 방법이 보다 효과적이고 강력하고 지속적이고 오래 가기 때문이다.

(2016. 10. 6)

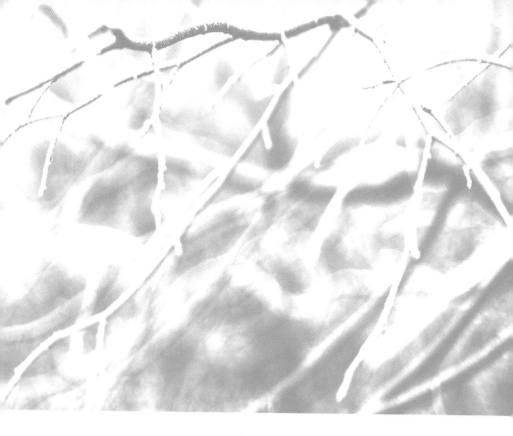

제6부

까막눈은 되지 말자

언론 보도의 위력

　국민의 눈과 귀가 되는 언론은 사회가 부패할수록 역할이 더욱 중요해진다. 언론도 같이 부패해지기 쉽기에 우리 사회의 파수꾼으로서 살아 있는 언론의 가치는 더욱 빛난다. 한국의 언론 하면 손석희가 떠오른다. 그는 권력이 부패할 때 국민을 지키며 언론의 건재를 보여줬다.

　미국의 인기 방송인인 글렌 벡(Glenn Beck)은 2009년 폭스뉴스에서 매일 저녁 왜곡되거나 숨겨진 진실을 폭로하여 안방에 전달했다. "권력에 의해 인터넷에서 사라지기 전에 찾아낸 따끈따끈한 뉴스"라며 미국인들을 텔레비전 앞에 붙잡아 두었다. 그중 한 가지 사건은 2009년 11월 포트후드 부대에서 일어난 총격사건이다. 군 의료진을 포함하여 13명이 살해되었다. 백악관과 정보부는 이 사건을 처음엔 '직장 내 폭력사건'으로 발표했다. 미국인과 국회 모두 그렇게 믿었다. 그러나 글렌 벡과 폭스뉴스는 끈질긴 조사 끝에 포트후드 기지 내에서의 살인사건이 단순한 직장 내 폭력 사건이 아니라고 보도했다. 글렌 백은 국회와 워싱턴에서 정부 차원의 조사단을 꾸려 엄격한 수사를 해야 한다고 압박했다. 결국 살인 사건이 일어난 지 몇 주 후 국회 조사단은 이 사건에 대해 재수사했고, 그 결과 단순 폭력 사건이 아니라 육군 장교 니달 핫산(Nidal Hasan)이 이슬람 테러리스트로서 사전 준비하여 일으킨 테러 사건이라고 최종 결론이 났다. 권력에 맞서 언론의 정신을 잃지 않고 보도한 결과였다.

언론의 위력을 보여준 사례를 또 하나 들어보겠다. 2012년 리비아 벵가지의 미국 대사관에서 크리스토퍼 스티븐스(Christopher Stevens) 대사와 직원들 8명이 살해된 사건이었다. 사건 발생 후, 처음엔 백악관, 정보부, 유엔 대표, 민주당 모두 "반이슬람적 내용의 영화 때문에 화가 난 이슬람 군중이 미 대사관에 불을 질러서 그들이 죽었다"고 했다. 세계의 언론들도 똑같이 영화 때문이라는 뉴스를 전달했다. 그러나 폭스뉴스의 끈질긴 조사와 보도가 공화당을 설득하여 국회 차원의 조사단이 꾸려졌다. 국회 조사단이 정밀하게 조사한 2주 후, 대사가 수십 차례에 걸쳐 신변에 위험을 느낀다고 보고하고 보호 요청을 했는데도 외무부와 백악관이 보안 요원들을 보내지 않았다는 것을 알아냈다. 그리고 스티븐슨 대사는 이슬람 테러리스트들에 의해 직원 8명과 함께 잔인하게 살해되었음이 드러났다. 한 언론인이 3억 미국 국민에게 진실을 알렸다. 글렌 벡 덕분에 폭스뉴스의 인기는 절정에 이르러 NBC와 CNN도

‘우리 방송도 좀 보라’고 폭스뉴스사에 거금을 내고 광고를 할 정도였다.

영국의 잡지 「가디언」은 지방 곳곳의 작은 찻집을 이용하여 기자들이 늘 새로운 정보를 얻으려 부단히 노력해왔고 그래서 영국인뿐만 아니라 세계인들에게 보다 빠른 진실을 전해줄 수 있다고 한다. 얼마 전에 유럽연합 본부가 있는 브뤼셀에 일어난 테러 사건으로 세계의 주요 방송 언론들이 브뤼셀에 집중할 때였다. 「가디언」은 "누군가 오래전 브뤼셀이 아닌 다른 곳에서 일어난 폭력적 폭동 사건 동영상을 유튜브에 올렸고, 그것을 세계 유명 방송사가 브뤼셀 테러 사건 현장 비디오라며 보도했고, 또 다른 방송사가 그 동영상을 다시 인용하면서 보도했다"고 폭로해서 실소를 자아내기도 했다. 바른 정보를 전달하려는 언론의 노력이 얼마나 중요한지, 우리는 이런 사건들로 실감하게 된다.

(2016. 4. 5)

해커들의 물밑전쟁

내가 처음 개인 컴퓨터를 사용한 것은 1986년 교사 생활을 시작했을 때이다. 지금보다 네 배 이상 비싼 가격으로 구입해서 학교일뿐만 아니라 논문도 재미있게 완성했던 기억이 난다. 그 후 수십년간 컴퓨터와 떼려야 뗄 수 없는 관계를 유지하면서 컴퓨터는 내일상의 한 부분이 되었다. 그러나 지난 몇 년간 내게 일어난 사건들로 컴퓨터에 대한 나의 애정은 완전히 애증으로 바뀌어버렸다.

한 가지 예를 들면, 컴퓨터가 해킹당해서 1년 넘게 써온 연구 논문이 사라져 버렸다. 미군 정보부 컴퓨터 분과에서 일했다는, 이분야 최고 수준의 실력을 보유한 분께서 "다섯 손가락 안에 드는 해커가 건드렸기에 컴퓨터도 다시 사용 못하고 논문도 복구 불가능하다"고 진단했다.

최근 해커들의 범죄가 진화하고 있다. 은행의 돈이 사라지는데그 사라지는 경로를 찾지 못하는 경우가 많다. 의료계도 네트워크

화되면서 수많은 개인의 의료정보가 도용되는 사례도 비일비재하다. 2009년 한국 정부가 디도스에 해킹당해 맥을 못 추었던 것을 비롯해서 미국의 국세청도, 미국인들의 작은 꿈인 사회보장연금도 해커들에게 꼼짝없이 당하고 있다는 보도를 최근엔 더 자주 접한다. 주요 IT 업계들의 뒷거래로 우리의 개인정보가 노출되어 이권에 이용되는 경우를 직접 경험하기도 한다. 예를 들면, 내가 물건을 사려고 구글(Google)에서 한두 번 검색을 하면 구글이나 다른 포털 사이트에서 '내가 좋아하는 상품'들이 벌써 광고되어 나온다. 처음에는 너무 신기하고 반가웠다. 그러나 나도 모르게 누군가 나의 호불호를 처리해서 보여준다는 것이 이상하고 끔찍하기도 하다. 요즘 은행 강도는 총으로 덤비지 않는다. 조용히 네트워크 보안을 뚫고 손가락 하나로 거금을 훔친다. 심지어 은행 잔고가 두둑한 사람들은 계좌에서 몇천 달러씩 빠져나가도 잘 모른다고 한다.

원래 해커라는 단어는 부정적 의미로 통용되었지만 현대사회에서는 화이트 해커라 해서 정부나 조직들이 해커들을 공개적으로 이용하기도 한다. 다시 말해, 돈과 권력이 있는 자가 사용하는 해커는 화이트 해커라고 하는 것 같다. 중요한 국가 시설도 네트워크 시대의 비리나 위험으로부터는 자유롭지 못하다. 몇 년 전엔 국가나 대기업의 중요 시설 슈퍼컴퓨터에도 첩보전에 사용되는 첩보칩이 깔려 거래된다는 보도가 나왔다. 힘 있는 자는 한 나라의 핵시설, 육해공 군사시설, 각국 정보부를 손가락 하나로 움직일 수 있다는 것이다. 즉, 각국의 안전도 최고의 해커들이나 이들을 고용한 권력에 의해 좌우된다는 것이다. 문제는 양심과 도덕성이다. 현대사회에서는 네트워크를 움직이는 이가 도덕적이지 않을 때 대형사고가 난다. 네트워크를 움직이는 힘은 베일에 가려 대부분의 우민에게는 보이지 않는다. 아니 도리어 엉뚱한 사람을 범인으로 몰아 장난을 치더라도 대다수의 우민은 모른다.

그야말로 편리함에 중독된 네트워크 이용자들은, 자신도 모르는 사이에 '새로운 세계질서'에 다가가고 있다. 악의 축과 네트워크의 힘이 함께하면 세계는 그들의 손가락 하나에 의해 움직인다. 현재 슈퍼컴퓨터와 네트워크 핵심 기술 그리고 컴퓨터의 핵심 칩과 마이크로소프트(Microsoft)의 윈도우(Window)의 특권 모두 미국이 쥐고 있다. 이런 네트워크의 패권을 알았는지 6, 7년 전 러시아의 푸틴은 보좌관들에게 18세기 타자기를 사용하도록 지시했다고 한다. 그래서 그는 최근 시리아에서 소위 반군 테러와의 전쟁에서 소기의 성과를 거두었을지도 모른다.

나는 가끔씩 연못이 있는 숲으로 산책을 가곤 한다. 예쁜 연두색 잎들이 햇빛에 반짝이는 모습은 봄의 교향곡이다. 게다가 연못은 너무 평온해 풀벌레 소리에도 사르르 고운 물결이 일어난다. 잠시 걸음을 멈추고 연못 속을 들여다본다. 물 위의 평온함과 다르게 물 밑에선 조용하게 전쟁이 벌어지고 있다. 송사리들이 먹이를 찾아 헤엄치고 물고기들은 먹이를 발견하고 추격한다. 천문학적 돈과 권력을 위해 조용히 '물밑전쟁'을 벌이는 해커들처럼.

(2016. 3. 26)

51구역

51구역은 신비한 곳이다. 애리조나 주 라스베이거스에서 북서쪽으로 83마일 떨어진 곳에 위치해 있는, 공식 명칭은 그룹 호수 공군기지(groom lake air base)라고 하는 이 군사시설을 둘러싸고 온갖 루머가 퍼져 나온다. 비행접시가 간혹 나타난다고 하며 우주인을 봤다는 소문도 있다. 시체가 즐비하다는 풍문도 있다. 최근에는 이 지역이 더욱더 미국인들의 의구심을 끌었다. 그 의구심이 증폭되자 2012년 백악관과 정부에서는 몇 명의 저명(?) 기자들에게 방문을 허용하고 취재하게 했다. 그러나 그것은 극히 제한된 일부분의 공개여서 의구심은 사라지지 않았다.

가로 23마일, 세로 25마일의 직사각형인 51구역은 사막으로 넓게 둘러싸여 있고 몇 마일 외곽에는 철조망이 둘러쳐지고 "한 발자국이라도 이 경계선을 넘으면 사살한다"는 경고문이 붙어 있다고 한다. 사실 몇 명이 벌써 사살되었다는 이야기도 있다. 그리고 51

구역 인근은 산으로 둘러싸여 있으며 산꼭대기에는 수많은 고성능 무인 카메라가 철통 같이 지키고 있다. 이렇게 첩첩이 에워싸인 곳이니 세계 최고의 비밀이 숨어 있을 법도 하다.

대통령이나 정보사령관 등 이 구역과 직접 관련된 고위급 인사 외에는 그 누구도 접근 금지이며 한 발자국이라도 경계를 넘으면 사살이란다. 그곳에서 상주하는 요원들을 위해 청소도 하고 음식도 만들어야 하기에 현지인들이 고용되어 출퇴근을 하고 있다. 그러나 이들은 전용 비행기, 그것도 이름도 없는 비행기로 출퇴근을 하고 모두 가명을 쓰며 일상사에까지 철통같은 보안을 요구받고 있다고 한다. 그래서 미국인들은 이 구역에는 외계인이 산다고 말한다. 의구심이 계속되자 백악관과 정보부는 〈구역 51〉이라는 영화를 만들었다. 미국인들의 의구심을 없애려고 만들었다고 한다. 백악관의 담장이 높아지고 51구역의 보안도 더욱 삼엄해지는 이유가 뭘까? 언제가 역사책에는 모든 것이 기록될까? 지금 미국의 정보요원도 서로 감시하기 위해 두 사람 이상이 다닌다고 하며 연방 공무원들도 비밀을 지키기 위해 서로 감시한다고 한다. 과연 무슨 비밀이 있어서 북한에서나 있을 말들이 오고 가는가? 모든 것은 소위 말하는 역사편찬위원회에서 편집될 것인가?

5천 명이 목숨을 잃은 9.11테러 이후, 부시 대통령은 국회와 전국민의 전폭적인 지지를 받으며 테러리스트들을 잡으려고 이라크를 침공하고 관타나모에 테러범 수용소를 만들었는데 재선 후 2기 말기에 한 연설장에서 군중 한 명이 던진 신발에 맞는 사건이 일어났다. 이라크 침공 당시 민간인 사상자가 난 것을 어나니머스가 보도해서 세계에 알리자 부시의 전쟁은 정당성을 잃고 어나니머스는 최고의 영웅으로 대접받았다. 한국의 교실에서까지 아이들이 부시의 부당함을 이야기할 정도였다. 그 후 미국 정권이 바뀌자 어나니머스는 다른 형태의 비리를 고발했다. 즉, 정부가 빅 데이터를 사용해서 국민을 감시한다고 폭로한 것이다. 그러자 이젠 어나니머스의 어산지와 스노든이 영웅이 아닌 세계 최악의 위험인물로 지명되며 위험에 처하게 되었다. 이렇게 같은 사람이 같은 일을 해도 정치권력의 향배에 따라 어제의 영웅이 하루아침에 배신자가 된다. 역사는 누가 권력을 잡느냐에 따라 아주 다르게 쓰인다. 진실이라는 뉴스의 파편들은 공중분해 되어 사라지고 소위 저명(?)하신 편찬위원들은 권력의 밥을 먹으며 세계의 역사(?)를 만들어왔다. 왜 사건의 사실들은 현재진행형으로 알고 기록되지 못할까?

어린 시절 학교에서 내가 가장 싫어했던 과목이 역사였다. 왜 과거의 기록을 달달 외워 머리에 집어넣어서 시험을 봐야 하는지 이해가 가지 않았다. 대신 사실과 규칙에 근거해서 문제 해결이 되는 스포츠와 수학, 과학은 너무 흥미롭고 재미있었다. 그 수업 시간들은 나에게 늘 통쾌 상쾌한 시간들이었다. 단순히 원리 원칙에 따라 적용만 잘하면 문제의 해답은 뻔해서 공부도 별로 하지 않고 만점을 받을 수 있었다.

우리 사회가 스포츠나 과학처럼 규칙과 원리에 따라 움직이지 않는다는 것을 나이가 먹어감에 따라 깨달으며, 인생 오십에는 진실을 논의하려면 끝이 없는 논쟁에 처하게 되어 입을 다물게 된다. 지난해 한 모임에서 작금의 사건사고를 걱정하는 나에게 누군가 말했다. "내 입에 밥만 들어오면 밖에서 북 치고 장구 쳐도 상관 안 한다." 그 말에 탄식을 했지만 그가 그냥 솔직할 뿐 거의 모든 사람들이 비슷하게 살아간다. 기독교인이나 불교인이나 종교 지도자나 서민이나, 양심과 도덕은 내 입에 밥 들어온 후에 얘기하는 것 같다. 그래서 미국인들뿐만 아니라 많은 이들이 애완견을 키우고 가족처럼 지내는지도 모르겠다. 애완견들도 자신의 밥을 제일 먼저 챙기지만 어떤 개들은 주인을 먼저 챙기기도 하니까.

(2016. 4. 2)

극비는 비리와 통한다?

비밀이라는 것은 대부분 부정적인 면을 내포하고 있다. 극비일 때는 더욱 심각한 부정적인 측면이 도사리고 있다. 비밀의 세계를 처음 알게 된 중학교 1학년 때의 사건이 생각난다.

초등학교를 졸업하고 처음으로 중학생이 되어 학교 가는 날이었다. 그 전날 밤에 잘 모셔두었던 새 신발과 새 옷으로 갈아입고 새 가방과 새 책들을 챙겨서 힘찬 발걸음으로 집을 나섰다. 남녀공학 중학교라 이상하게 변한 남학생들을 보면서 여학생들은 '징그럽게 변했다'고 말하곤 했다. 특히 호르몬의 불균형으로 여드름이 난 얼굴이며 입가에 자란 애송이 수염 그리고 여학생을 보는 이상한 눈빛 등은 초등학교 때와는 다른 모습들이었다.

교문에 들어서자 선도부 선배들이 모든 학생들의 복장을 검사하고 있었다. 머리와 교복 상태, 학교 배지 착용 여부, 신발 상태 등이 학교의 규정에 잘 맞는지 검열했다. 정문을 지나 본관 건물 서쪽으로 돌아서면 왼쪽에는 작은 화장실 건물이 있었다. 1학년 교실을 향해서 그 작은 화장실 건물과 본관 건물 사이를 지나려는데 겁에 질린 남학생 일곱 명이 화장실 건물 뒤 구석 벽에 붙어 경직된 모습으로 서 있는 게 보였다. 체격이 큰 세 명의 남학생이 그 조무래기 남학생들을 위압하며, 주먹질 발길질로 사정없이 그들을 때리고 걷어차고 있었다. 나는 난생처음 여자로 태어나서 행운이라고 생각했다. 그 당시 여학생들 세계에는 그런 깡패 같은 비밀 그룹이 없었기 때문이었다. 1970년대 중반엔 깡패를 건드리면 화를 면하지 못하니 많은 학생들이 소곤소곤 말조심을 했다. 깡패 조직원들은 혈맹 관계여서 심지어 가족이나 친구들에게도 그들의 조직에 대해 말하지 않았다. 부모님들은 그저 내 아들이 그런 부류의 친구들과는 거리를 두기를 바랄 뿐이었다.

내가 교직에 갓 들어선 1980년대 후반, 지혜롭고 아주 용기 있던 한 체육 선생님께서 교무실에서 한 남학생을 오랫동안 훈계 지도하고 있었다. 그 학생은 지역의 갱 단원이었는데 선생님은 큰 위험을 감수하고 그 학생에게 조직에서 나오도록 권유했고 학생은 몸에 큰 외상을 입긴 했지만 용기를 내어 조직에서 나와 무사히 중학교를 졸업할 수 있었다. 그런 갱 조직의 첫 번째 강령이 "묻지도 말고 말하지도 말라"였다. 그래서 그 암적인 조직의 존재가 쉽게 사라지지 않고 여러 도시 곳곳에 퍼져만 가고 있다.

미국 CIA의 행동 지침도 "묻지도 말고 말하지도 말라(Don't Ask, Don't Tell)"이다. 최근 보수 언론 폭스 뉴스는 오바마 대통령이 백악관에서 매주 이슬람 지도자들과 긴밀히 만나 CIA 내에 수십 개의 이슬람 특수 정보부대를 만들어 어마어마한 권위와 권력을 넘겨줬다고 보도했다. 명색이 대테러 작전을 목적으로 하는 CIA가 지난 8년간 통계에 잡힌 것만으로도 1년에 150억 달러에 21,575명의 정보원을 운용하고도(2012년 기준) 결과적으로 이슬람 테러리스트들은 전 세계적으로 세력을 확대하여 미국은 물론이고 유럽, 아프리카, 아시아로 활개를 치고 심지어 러시아 국경을 건드릴 때까지 속수무책이었다. 더욱 놀라운 것은, CIA는 사실 무근인 왜곡된 정보를 트럼프 대통령 당선인을 불리하게 만들기 위해 민주당 대변인 격인 CNN, NBC, 뉴욕 타임스 등 주요 언론에 퍼뜨린다. '묻지도 말고 말하지도 말라'라는 극도의 비밀주의 아래 미국 국민의 안전과 평화를 위해 일해야 할 정보기관이 특정 정당의 권력기구로 변해가고 있는 듯하다는 것은 나만의 염려일까? 극단의 비밀기구가 정당하게 운영되지 못할 때 상상할 수 없는 가혹한 상황으로 몰고 갈 수 있다는 것을 우리는 역사 속에서 흔히 보아왔다.

(2017. 1. 26)

웰스파고의 유령 계좌

웰스파고(Wells Fargo)는 미국 최대의 주택 및 일반 금융 관련 기관 중 역사가 가장 오래된 곳이다. 남편 월급도 이 은행으로 자동 이체된다. 연방정부와 주정부 공무원들이 많이 사용하는 은행이기도 하다.

그런데 이 은행에 얽힌 사상 초유의 대형 금융 사기 사건이 드러났다. 고객의 허락 없이 고객 정보를 사용하여 200만 건의 위조 통장과 신용카드 등의 유령 계좌를 만들었다고 한다. 엄청난 사기 범죄이며 민사 사건이 아니라 대형 형사 사건이다. 유령 계좌 때문에 은행 고객들은 신용을 크게 손상당했고 금전적 손해를 입었다. 이 사건으로 웰스파고 직원 5,300명이 해고되었다고 한다.

나는 그 직원들이 자발적으로 유령 계좌를 만들었다고 생각하지 않는다. 그들은 평범한 집의 아들딸이었을 것이고 혹은 아저씨 아주머니일진대 대형 사기 사건이라는 태풍에 휩쓸려 밥줄이 끊겼다. 이 사건을 집중 보도한 폭스뉴스의 앵커이자 법률가인 그레타(Gretha)가 적절한 이유 없이 갑자기 앵커직에서 사퇴하겠다는 의사를 표명했다. 이런 대형 사건은 사실, 윗선에서 범죄 행위를 지시했거나 조장했을 것이고 밥줄이 매인 힘없는 직원들은 시키는 대로만 했을 뿐일 텐데 결국은 권력의 희생자가 되어 쫓겨나고 말았다. 직원들에게 범죄 행위를 시킨 윗선은 그 대형 범죄도 무서워하지 않을 만큼의 권력을 가진 자들이었겠고 직원들은 목줄, 밥줄을 지키느라 시키는 대로 했건만 일단 범죄가 폭로되니 다급해진 윗선은 애꿎은 아랫사람들에게 그 책임을 떠넘기고 있었다. 그래서 미국 정부가 이 사건을 축소해서 민사 사건으로 넘기고 약간의 벌금으로 처리하고 있다고 폭스뉴스의 앵커 그레타가 아주 흥분하면서 보도했다.

미 소비자금융보호국(CFPB)는 은행에다 약간의 벌금을 부과했다. 상원 은행위원회의 이번 사건 처리에 분노한 직원들이 윗선에서 강요하다시피 해서 그런 결과가 나왔다고 언론에 공개했다. 일이 커지기 전에, 그리고 9월 29일 하원 금융서비스위원회에 불려가기 전에 웰스파고 이사회는 두 명의 CEO로부터 주식을 제외한 보상금 환수를 결정했다. 현존하는 권력의 힘이 있는 한 '힘없는 윗선까지'만 책임을 묻고 끝날 것 같다. 지금 미국의 많은 은행들이 불똥이 튀지 않을까 숨죽이고 지켜보고 있다고 한다.

사실, 웰스파고 은행 사태를 보며 드디어 터질 것이 터졌구나 하고 생각했다. 2009년 선거 후 대대적 은행 개혁으로 웰스파고의 혁신적 내부 개혁이 잇따랐다. 오랫동안 이용한 고객으로서 나는 그 변화를 바로 느낄 수 있었다. 항상 은행 창구에서 혹은 드라이브 스루(Drive-Thru)에서 이웃의 언니 오빠처럼 대해주던 많은 직원들이 갑자기 인사 이동 혹은 은행 개혁으로 눈앞에서 사라졌다. 그리고 그때 많은 이웃이나 지인들이 은행 융자를 못 갚아 은행에게 집의 소유권을 넘겨줘야 하는 차압 폭풍이 전 미국을 강타했다.

수많은 미국 시민들이 집을 잃고 거리로 나앉았다. 중산층의 붕괴가 시작되었다. 대형 금융기관들이 차압된 집들로 곤경에 처하자 연방정부에서 거액의 주택 자금을 풀었다. 은행들은 그것을 받고 대신 전미 노동조합 회원이나 히스패닉 혹은 불법행위자, 저소득층 사람들에게 그러한 집들에 입주할 우선권을 주었다. 결과적으로 미국 연방정부의 대대적인 개입으로 중산층들은 대출을 못 갚고 집을 잃었고, 소수민족이나 노동자들이 혜택을 보았다.

지난 6, 7년간 연방정부의 사회 전반적인 개혁과 함께 신용도가 낮아서 혹은 다른 이유로 은행의 신용카드를 만들 수 없거나 아예 은행 계좌를 개설할 수 없었던 사람들에게 웰스파고가 불법으로 카드를 만들어주거나 계좌를 개설해주었다던데, 그것이 이제 수면 위로 떠오르는 것 같다. 그러나 이번 사건도 권력의 핵심에 있는 윗선은 법망을 피하겠고 권력에 협조했던 자들은 적은 벌금을 무는 것으로 처리되는 것 같다.

한국은 작은 나라니까 그나마 어버이연합 사건이라는 악의 실체가 대중에 조금 드러났으며 '너무 괴롭힘을 당해서' 범죄 행위를 도와줄 수밖에 없었다는 기업들의 고백도 들을 수 있었다. 한국 국민들은 행운아였다.

(2016. 9. 28)

인터넷의 편리함과 그 함정

　1년 만에 처음으로 내가 사는 도시에 있는 S골프장에 연습하러 갔다. 며칠 후에 있는 골프 게임에 참가하여 즐거운 시간을 가지기 위해서였다. 미리 인터넷으로 예약하며 골프 카트 및 그린피를 비자카드로 지불했다. 골프장 남자 직원이 11시 반 이후에는 조용하니 언제든지 와서 연습해도 된다고 했다. 그래서 난 시간에 구애받지 않고 10시에 지인을 만나 여러 가지 일을 처리하고 11시 반이 지나서 늦게 그 골프장에 갔다.

　그런데 골프장에서 체크인을 하려는데 여자 직원이, 당신은 벌써 체크인한 것으로 되어 있는데 무슨 말을 하느냐고 했다. 그래서 난 예약할 때 남자 직원에게 들은 대로 11시 반 이후에는 언제든지 와도 된다고 해서 개인적인 사무를 보고 늦게 왔다고 말했다. 그녀는 어쨌든 내가 이미 체크인이 되어 있어서 안 된다고 했고, 난 여기 비디오카메라가 돌아가니 11시 반에 누가 체크인했는지 확인할 수 있다고 대응했다. 그녀는 매니저와 이야기하더니 체크인을 해주었다. 그러나 난 누가 내 이름으로 체크인했는지 확인하고 싶어서 그 이튿날 골프장 매니저에게 연락했다. 조사해보니 컴퓨터 네트워크의 오류였다고 한다. 그 작은 오류가 여러 사람들을 이렇게 당혹스럽게 만든다.

폭스뉴스의 빌 헤머(Bill Hemmer)와 마사 매컬럼(Martha Mac-Callum)이 "페이스북이 보수 공화당에 관련된 긍정적인 뉴스는 막고 진보 진영에 관련된 긍정적인 뉴스와 기사를 다루도록 알고리즘을 조작하고 있다"고 보도했다. 지난 몇 년간 페이스북에 그런 특성이 있음을 느끼고 있었는데, 보도가 늦은 감이 있다. 현대인의 일상인 인터넷 네트워크에서, 특히 페이스북의 영향력은 어마어마하다. 그 페이스북도 권력으로부터 벗어날 수 없는 모양이다.

언젠가 한 지인이 전화를 해왔다.

"요즈음은 왜 칼럼을 안 쓰시는지 궁금하네요."

"무슨 말씀을 하시는지 모르겠네요. 난 매주 칼럼을 써서 보내고 금요일마다 이메일 뉴스로 확인하는데요."

내 말에 그는 못 믿겠다는 듯이 다시 말한다.

"매일 이메일로 보내오는 전자신문을 보는데 금요일판 '닥터 권 칼럼'은 〈51구역〉 이후 지난 4주간 못 보았어요."

난 지난 4월에 내가 겪은 일을 토대로 말씀드렸다.

"나도 매주 금요일 이메일로 전달된 전자신문에 실린 내 글을 읽었는데, 어느 주에 전달된 전자신문에 내 글이 안 보이더군요. 이상해서 날짜와 지역을 재차 확인해보니 애틀랜타판이 LA판으로 전달되기도 하고 뉴욕판으로 전달되기도 해서 내 칼럼이 안 보이는 거였어요. 누군가의 실수나 의도(?)로 그런 경우가 생기니 반드시 애틀랜타 판인가 확인하고 읽어야 해요."

그리고 메신저로 지난 4주치의 칼럼이 실려 있는 전자신문을 모두 보내드렸다.

나의 칼럼은 대부분 사회적 이슈를 다룬다. 독자들의 반응에 감사하며 더욱 고민하고 연구하며 칼럼을 쓰려고 한다. 컴퓨터는 편리하지만 그 그늘에 네트워크의 오류나 의도된 조작(?)이 없기를 바라면서……

(2016. 5. 17)

신성한 도시

성역, 신성한 장소(sanctuary)는 나에겐 기독교 용어로 익숙하다. 교회 예배 장소를 흔히 생추어리라고 일컫기 때문이다. 요즈음 그 비슷한 '신성한 도시(sanctuary city)'라는 용어가 뉴스 미디어에 자주 등장한다. '신성한 도시'의 사전적 의미는 '신성이 특별히 임재 한다고 믿고 세속적이고 일상적인 세계와 구별되는 신성한 장소'를 말한다. 그러나 언론에 등장하는 '신성한 도시'는 미국 정부가 이슬람 난민들을 특별히 보호하고 지원해주는 특별보호구역을 의미한다. 지역 경찰은 물론이고 연방 공무원도 특별한 허락 없이 드나들 수 없는 곳이라고 한다. 보도에 의하면 이민국에서는 공식적으로 2016년 한 해 동안 기독교인은 100명을, 이슬람교도는 10,000명을 받아들였다고 한다. 심지어 '신성한 도시'를 만들어 불법 입국자들과 이슬람 난민들을 보호하고 합법적으로 거주할 수 있도록 모든 조치를 취해주었다는 것이다.

폭스뉴스에 의하면 이 신성한 도시에 거주하는 이슬람 난민들과 불법 입국자들에 의해 강간, 납치, 살해 사건이 많이 일어났고 공공장소에서 여러 번 테러가 일어나 사상자가 속출하자 경찰에 도움과 조사를 요청했지만 연방정부에 의해서 지역 경찰조차 접근이 제한되었다고 한다. 심지어 지역 경찰을 조준사살, 암살 등으로 위협하는 일조차 일어나도 주류 언론인 CNN, NBC, ABC, CBS, PBS 등은 보도조차 잘 하지 않으며, 시민들은 극도의 불안과 공포에 시달리게 되었다. 종국엔 "백인의 목숨도 중요하다(Blue Lives Matter)"라는 구호까지 나오기에 이르렀다.

얼마 전 대선에서 트럼프가 당선된 것도, 총선에서 상원, 하원 모두를 공화당이 휩쓸게 된 것도 침묵하던 다수의 시민들이 정부를 불신하게 된 탓이 클 것이다. 대다수의 시민들이 트럼프와 공화당이 미국을 안전한 곳으로 만들어주고 미국 사회의 질서를 다시 세워줄 것이라고 기대했기 때문이 아니겠는가. 빈번하게 범죄를 일으키는 '신성한 도시'의 불법 난민이나 범죄자들에 대해 트럼프는 강경히 대응하겠다고 천명했으니 말이다.

현재 '신성한 도시'에 거주하는 100만 명 중 범죄 기록을 가진 이들로 하여금 어떻게 미국 사회의 규칙과 규범을 잘 따르게 할지, 트럼프가 하는 일을 두고 봐야 할 것 같다.

(2016. 11. 9)

브렉시트 2.0

브렉시트(Brexit)란 영국(Britain)이 유럽연합(EU)을 탈퇴(Exit)한
다는 뜻이다.

유럽연합이 영국 국민들에게 경제적으로도 무거운 부담을 주었
을 뿐 아니라 국가의 안전을 우려할 정도로 난민에 대한 개방 문제
에서도 유럽연합으로부터 강한 압력을 받는다. 이에 대해 영국은
국민투표로 영국이 유럽연합의 간섭 없이 영국의 안전을 독자적으
로 결정하고 이행하고자 유럽연합에서 탈퇴하게 된다. 특히 수많
은 이슬람 난민에게 영국 국경을 활짝 개방하고 더 많은 희생과 경
제적 책임을 요구하자 영국 국민은 미래에 일어날 폭력과 살인, 테
러로부터 나 자신과 가족을 보호해야 하겠다는 '생존권 문제'에서
유럽연합 탈퇴를 선택했다고 한다.

미국에서도 이와 유사한 상황에서 민주당의 예측과 달리 공화당
의 트럼프가 당선되었다. 나는 이를 일러 브렉시트 2.0라고 말하고

자 한다. 오바마 정부의 세계화 정책은 반기독교와 반자본주의로 일관해왔다. 또 수많은 이슬람 난민들과 불법 이민자들을 받아들여 미국 시민들이 그들의 '안전과 생명'에 위협을 느꼈으며 지난 몇 년 동안 평생을 총 없이 살아왔던 노인들도 살아남기 위해 총을 구입하기 시작하는 이변이 일어났다. 즉, 미국 사회가 더 이상 안전한 사회가 아니라는 것이 일반적인 인식의 변화였다. 또한 오바마 케어로 중산층의 의료비가 몇 배로 증가해 그들의 살림이 위협을 받았다. 미국인 반 이상이 파트타임으로 살아가게 된 중산층 실종의 어려운 경제적 여건도 문제였다.

미국 중산층들은 그들의 안전과 경제를 보장해줄 다음 지도자를 찾고 있던 중 대선후보 TV토론 생중계에서 도널드 트럼프란 인물을 눈여겨보게 된 것이다. 그들이 보기에 트럼프는 키가 크고 건강하고 솔직해 보이는, 평범한 남자였다. 전문 정치꾼처럼 매끄러운 말솜씨를 구사하지는 못했지만 꾸밈없는 태도로 자신의 정책을 피력했다. 군사학교와 명문대(펜실베이니아대학 월턴비즈니스스쿨)를 졸업한 그의 정책 방향은 미국 소시민이 생각하는 것과 일치했다. 정당한 절차를 밟아서 입국하는 사람들과 불법으로 들어온 사람들을 차별하여 사회질서를 다시 세우고, 오바마케어의 높은 의료비 부담으로 고통 받고 있는 대다수의 중산층 시민을 위해 의료체계를 개선하고, 자신이 성공한 것과 같이 모두를 잘 살게 도와주겠다고 했다. 누가 들어도 괜찮아 보이는 정책이었다. 이슬람 테러를 없애고 미국의 국가적 위신을 다시 높이겠다는 약속은 미국 소시민의 '염원'과도 통했다. 반면 국경을 활짝 개방하고 오바마케어를 유지하겠다고 주장하는 힐러리의 정책은 그들이 보기에 현 정부와 다를 바가 없었다.

여론조사와 선거 분위기는 힐러리에게 유리했다. 그러나 현재의 정부에 불만을 가진 노동자, 흑인, 히스패닉, 여성, 백인들은 트럼프와 공화당에 투표했다. 개인의 안전을 향한 염원이 극에 달해서 '세기의 투표율'을 보여주었으며 대선은 트럼프의 승리로 끝났다. 미국의 소시민들이 트럼프와 공화당에 던진 투표는 인간의 가장 기본적인 '안전과 생존'의 문제에 관련된, 또 하나의 브렉시트가 아닐까.

(2016. 11. 8)

침묵하던 다수와 요란한 소수

낯선 사람에게도 웃으면서 자연스럽게 "안녕(Hi)?" 하고 인사하던 미국인들이 처음엔 좀 이상했었다. 한국에선 모르는 사람에게 웃으면서 인사하면 정상이 아니라고 생각하기 때문이다. 특히 남성이 그렇게 행동하면 여성들은 경계부터 했다. 그런데 미국 유학을 와서 겪어보고서, 거리를 걸을 때나 엘리베이터를 오르내릴 때나 공원을 산책할 때나 언제 어디서든 웃으면서 인사하는 것이 미국인들의 문화임을 깨달았다. 처음 만나는 사람들에게 참 인사도 잘하고 친절하다, 역시 선진 국민들은 다르다고 생각했다. 운전자들도 양보와 친절이 생활화되어 있다. 소소한 친절이 몸에 밴 사람들, 동네에서 흔히 볼 수 있는 사슴과 새들, 아름다운 자연이 어우러진 곳, 내게 미국의 첫 인상은 그러했다.

그런데 지난 7, 8년간 오바마 정부 아래에서 미국 사회에는 변화의 바람이 심하게 불었다. 안 그래도 오바마의 후보 시절 선거 캠

페인 구호는 "변화, 우리는 바꿀 수 있다(Change, you can do it)"였다. 우선, 개인적으로 느낀 것은 고속도로를 질주하는 대형 트럭이 늘어났다는 것이다. 흡사 얼마 전 독일 베를린 트럭 테러에 사용된 것 같은 무지막지한 대형 트럭들이 무법자처럼 고속도로의 3, 4차선도 아니고 1, 2차선을 질주하는 바람에 내 작은 승용차가 흔들려 뒤집힐 뻔했던 적이 한두 번이 아니다. 거리에서나 은행, 상점에서 웃으며 인사하던 사람들이 이제는 머리를 수그리고 컴퓨터나 휴대폰을 붙잡고 있다가 내가 먼저 인사를 해야 마지못해 굳은 얼굴을 들어올린다. 몇 년 전에 비하면 너무나도 변해버린 미국 사회의 모습에 당황할 때가 많다.

변화는 생각지 못한 것에서도 일어났다. 크리스마스 시즌이면 오랫동안 사용해온 '메리 크리스마스(Merry Christmas)'라는 인사말을 정책적으로 사용하지 못하게 되었다. 종교적인 색채가 짙은 '메리 크리스마스' 대신 가치중립적인 '해피 홀리데이(Happy Holiday)'라는 말을 쓰자는 것이다. 그리하여 공공장소에선 '해피 홀리데이'라고 인사하도록 하는 정책이 시행되었다. 이슬람 테러가 일어나서 이슬람을 비난하면 언론에서는 이슬람포비아라면서 인종차별만큼 심각한 문제로 다룬다. 심지어 백악관은 이슬람 테러라고 부르는 대신 '극단주의자 혹은 직장 폭력'이라는 용어를 주로 사용한다. '테러의 원인은 이슬람이 아닌 다른 것'이라는 메시지를 보내는 것이다.

지난 몇 년간 기독교 탄압이 중동 국가에서는 말할 것도 없었고 필리핀, 말레이시아, 인도, 아프리카에서도 일어났다. 미국과 유럽에도 반기독교 정치조직인 이슬람 브라더후드의 정치력이 '세계화(Globalization)'라는 미사여구를 사용하며 세력을 확대하고 있다. 이렇게 변화하는 세계, 변화하는 미국 속에서 대다수의 시민들은 침묵하고 있다. 정치인들은 국민들의 마음을 얻기 위해 무엇을 하고 있을까. 가장 중요한 것은 국민들의 편이 되어주는 것이다.

공화당의 트럼프 당선자는 트위터를 많이 활용하는 것으로 유명하다. 그는 크리스마스트리 앞에서 당당하게 "메리 크리스마스"라고 시민들에게 인사하며 침묵하던 다수의 시민들의 마음과 소통했다. 소수의 요란한 대변자였던 미국의 주요 언론들과 백악관이 침묵하던 다수의 소원을 읽지 못하는 사이, 트럼프는 그들의 마음을 읽고 트위터로 그들과 소통한 것이다.

(2016. 12. 22)

현대판 까막눈

어릴 때 살던 동네에 글을 모르는 할머니가 한 분 계셨다. 이따금 편지나 서류 같은 걸 들고 우리 집에 찾아와, 까막눈이니 이것 좀 읽어달라고 도움을 요청하시곤 하셨다. 그 할머니의 자녀들은 학교에서 받은 성적표가 엉망이어도 적당히 둘러대어 할머니를 속일 수 있었다. 국어사전을 찾아보면 '까막눈'은 '글을 읽을 줄 모르는 무식한 사람의 눈, 문맹자'를 말하며 또 '어떤 일에 대하여 아무 것도 모르는 사람'을 비유적으로 이르기도 한다.

일제강점기와 6 · 25를 거치며 경제적 빈곤과 사회적 불안에 시달리던 대한민국 국민의 문맹률은 상당히 높았다. 1970년대에는 문맹 퇴치를 위해 새마을운동을 벌이고, 우수한 학생들을 뽑아 장학금을 주는 등, 국가적 차원에서 여러 가지 사업을 추진했다. 그 당시에는 까막눈이 많았지만 50년 후인 지금, 대한민국은 세계 최고의 고등교육 졸업률을 자랑한다. 70, 80세의 노인들이 겪은 재미

있고도 감동적인 까막눈 시대의 극복기와 그들의 세월이 묻은 글들을 읽을 때 작은 나라 한국인의 저력이 더욱 자랑스럽다.

그러나 요즈음 시대에는 여러 가지 까막눈이 있다. 현대사회는 영역별로 세분화, 전문화되어 있어서 새로운 까막눈들이 의외로 많이 생겨난다. 예를 들어 나는 자동차를 매일 이용하지만 자동차의 메커니즘은 전혀 모른다. 컴퓨터나 전기, 가스보일러 등도 마찬가지다. 그리고 보면 매일 사용하는 것들에 대해 모르는 것들이 너무 많다. 고장이 나서 이용할 수 없을 때, 전문가의 도움 없이 꼼짝 못 하는 현대판 까막눈이 되어버리는 것이다.

까막눈이 한 회사나 조직을 운영하거나 관리하면 우리가 생각하는 것보다 훨씬 더 심각한 문제가 발생한다. 미국 국무부의 수장이었던 힐러리의 이메일 해킹 사건이 그 한 예이다. 매일 사용하던 이메일이 자신도 모르는 사이에 모두 노출되어 개인적으로 정치적 위기를 맞닥뜨렸을 뿐 아니라 더 크게는 3억 미국 국민을 위험에 빠뜨릴 수도 있기 때문이다. 첨단기술 정보화 시대에 살면서 기술과 정보에 까막눈이라면 60~70년대 한국의 할머니들처럼 앉아서 당할 수밖에 없다.

CIA와 트럼프의 백악관이 팽팽한 기싸움을 벌인 후, 트럼프가 갑자기 외교 정책을 180도 선회하여 CIA가 주장하는 대로 시리아 아사드를 폭격했다. 이를 두고 트럼프의 아들이 "아빠가 CIA의 주장을 믿던 이반카의 말을 듣고 아사드를 폭격했다"고 폭로했고, 미국의 보수 중산층들은 이를 거세게 비난했다. 비난이 심해지자

CIA와 미군, CNN을 비롯한 주요 언론들은 한반도의 사드와 북한에 집중한다. 이들은 이슬람 테러를 혐오하는 러시아의 푸틴을 상대해서 지난 몇 년간 유럽 북부와 아시아의 한반도를 근거로 기후변화에 대처한다는 미명하에 그들의 계획을 조용히 진행시키고 있다. 지난 8년 동안 오바마로부터 백악관보다 더 강력한 권력을 부여받은 CIA는 트럼프와 정면 대치하여 싸움을 벌였다. 폼페이가 새로 CIA의 수장이 되었지만, 기존 정보부를 개혁하는 대신 현상 유지만 하고 있다. 이제 트럼프가 어떻게 현대판 까막눈의 극복기를 쓸지 지켜볼 일이다.

(2017. 4. 22)

사고하고 배려하기 : 보이지 않은 곳까지도

　2017년 시문학 경시대회를 준비하고 개최하면서 여러 가지 문제를 겪었지만 그중에서도 세미나 행사에서 필수였던 스카이프(Skype) 이용과 관련한 문제가 나에게는 가장 힘들었다. 4, 5년 전 카카오톡이 유행하기 전엔 스카이프가 가장 애용되었다. 스카이프는 원거리 다자 간의 동시 화상 통화가 가능해서 기업체나 사업장 그리고 학교 등에서 여전히 많이 사용되고 있다.

　나도 시문학 번역 세미나를 준비하면서 경제적 부담이 없는 스카이프를 사용하기로 했다. 과거에도 몇 번 사용한 적이 있기에 이번 세미나에 스카이프를 사용하는 데는 아무런 문제가 없을 거라 생각했다. 세미나가 열릴 강의실 컴퓨터에 미리 스카이프 앱을 설치해서 5~10분쯤 다른 주 강사님들과 체크만 하면 된다고 생각하고 행사 3주 전에 세미나 장소로 사용할 조지아텍(조지아공과대학)의 교실 컴퓨터 점검 예약을 했다. 점검은 모든 수업이 끝난 오후 6시에만 가능했다. 다른 주 강사님들을 포함하여 행사 관계자들이 저마다 귀중한 시간을 내어 세미나 사전 점검을 위해 모였다.

불행하게도 조지아텍의 강의실 컴퓨터는 스카이프를 사용 못 하게 차단되어 있었다. 크게 실망했지만 비상용으로 학생이 가져온 컴퓨터를 연결하여 스카이프를 사용해보았다. 그런데 다른 주 강사님이 우리 쪽의 화면도 보이지 않고 목소리도 들을 수 없다는 것이었다. 그 학생의 컴퓨터로 그런 문제를 한 번도 경험하지 못했기에 아주 당황했다. 컴퓨터에 조예가 있는 N군이 학교 컴퓨터에 있는 구글 크롬을 이용해서 스카이프를 새로 다운로드했다. 이번에도 우리 쪽의 목소리가 다른 주에서 안 들린다고 했다. 다른 주 강사님의 다른 컴퓨터로 해도 소리가 안 들린다고 해서 우리 쪽의 학교 컴퓨터 마이크가 고장났을 거라고 결론 내리고 학교 컴퓨터 테크닉(OIT)의 도움이 필요하다고 생각했다. 걱정을 전혀 하지 않았던 스카이프 사용이 큰 부담으로 다가오는 순간이었다.

조지아텍의 컴퓨터가 안 될 경우 내 컴퓨터를 세미나에 사용하기 위해 마이크, 스피커 그리고 스카이프를 애플 전문 테크닉에게 맡겨 완벽하게 체크했다. 강의실 컴퓨터 2차 점검을 적어도 행사 1주일 전에는 해야 하는데 점검을 위해 교실 이용 사전 승인을 또 받아야 하고 그 절차는 주로 학교 웹사이트 메시지로 요청하는데 답변을 받는 데에 적어도 2~3주 걸린다고 했다. 4일 기다린 후 답변이 없자, 나는 아주 어렵게 직접 건물 관리자와 통화를 시도했다. 확인해본 결과, 교실에 들어가서 확인하는 건 아침 9시 이전 혹은 오후 6시 이후, 금요일 오후 4시 이후에나 가능하다고 했다. 학교 OIT 부서는 아침 9시에서 오후 5시까지 근무여서 기술상 도움을 받기가 거의 불가능해 보였다. 나는 일의 긴급성을 알리고 이틀 간 논쟁을 벌인 끝에 수요일 오전 11시 딱 15분간 점검을 같이 하기로 합의했다. 수요일 15분 동안 모든 점검이 끝나지 못하면 다음 주에 원거리 동시 다자간 화상 세미나를 열기란 불가능해질 형편이 되었다.

화요일 저녁, 내가 가진 애플 컴퓨터와 남편의 컴퓨터로 먼저 다른 주 강사님과 확인해보았다. 완벽한 애플 컴퓨터를 사용했지만 이상하게도 컴퓨터의 마이크가 문제가 있어서 안 들린다는 것이었다. 남편의 컴퓨터에 있는 스카이프로 해도 이쪽의 목소리만 안 들린다고 했다. 마지막 희망을 가지고 L군, N군과 밤 11시에 각각 통화해서 스카이프를 다시 확인해보았다. 그들 모두 내 목소리가 들리지 않는다는 같은 말을 했다. 그러면서 내 컴퓨터 마이크가 문제일 거라고 했다. 어쩜 세미나를 못할 것 같은 느낌에 잠도 제대로 잘 수 없었다. 지푸라기라도 붙잡고 싶은 심정으로 스카이프를 많이 사용해왔던 서울 친구에게 메시지를 보내서 마지막으로 스카이프 확인 요청을 했다.

수요일 아침 11시 교실 컴퓨터 2차 점검 전, 아침 8시, 친구는 내가 다운로드한 스카이프와 똑같은 회사의 링크를 사용해 다시 다운로드했다. 그 친구도 내 목소리가 안 들린다고 했다. 친구가 스카이프 화면을 캡처해 보내주었다. 그제서야 내가 다운로드한 스카이프 앱과 그녀가 다운로드한 것이 같은 회사, 같은 링크에서 받은 것인데도 아주 다르다는 것을 알았다. 그녀의 것은 정품 스카이프였고 내 컴퓨터에 깔린 것은 여러 기능이 없는 것이었다. 마이크 고장이 아니라 "애플 OS 시스템에 문제가 있거나 혹은 구글 크롬이나 다른 웹브라우저로 다운로드 시 스카이프 앱이 변형"된 것이었다. 컴퓨터의 마이크나 스피커 문제가 아니었다.

우린 자주 상식적인 틀에서 고민하고 힘들어하다가 전혀 생각하지 않았던 곳에서 원인을 발견하고 해결하는 경우가 종종 있다. 우리 모두가 컴퓨터 마이크가 고장이라고 쉽게 단정하고 몇 주간 고민하면서 아주 힘들게 해결하려고 했던 것처럼 우리는 흔히 '아는 범위 내에서만' 일을 쉽게 생각하고 단정짓고 심판한다. 컴퓨터를 아주 잘 아는 사람들까지도 마이크 고장이라고 믿고 말하는 것처럼.

어려움을 겪을 때 특히 보이지 않은 곳까지도 살펴보고 분석할 수 있는 신중한 자세와 접근이 매사에 아주 필요한 것 같다.

(2017. 9. 6)

■ 『세상을 바꾸는 밥상머리 교육』은 인성교육에 대한 목마름을 해 갈(解渴)하는 데 길잡이가 될 것으로 기대한다. 한국과 미국 두 문화 속에서 교육학자로서 독특한 경험을 한 저자는 이 책을 통해 우리나라 사대부 집안의 밥상머리 교육인 '식시오관(食時五觀)'이 지 · 덕 · 체를 배우게 하는 한국인의 위대한 교육 방식이고 붕괴되는 인성교육의 바탕이 되어야 함을 일깨워주고 있다. 또한 단일민족에서 점점 다문화가 되어가는 한국 사회에, 저자가 미국에서 경험한 소수민족 문제와 인종 갈등으로 인한 문제 제시와 통찰력 있는 분석은 우리나라의 소수 민족 문제를 재조명하는 나침반이 된다.

이영미 | 교육자, 교육행정가

■ 하이브리드 저서이다. 한국의 심장과 미국의 심장을 동시에 작동한 글들이다. 두 심장을 관통하는 제목이 밥상머리 교육인데 지금의 밥상머리 교육은 그전에 모습과 달라서 더욱 읽기를 권한다.

정홍규 | 작가, 대학교수

■ 저자의 정신적 균형과 유연한 사고의 체계에서 나타나는 합리성과 빛나는 통찰력으로 우리가 살아가는 데 실제의 심오한 대안을 제시하고 있지 않나 싶다. 또한 인간에 대한 깊은 이해와 따뜻한 시선으로 세상을 바라보며 역사 정치 사회 문화 모든 영역에서 해박한 지식과 조언이 순수한 사랑의 원리에 의한 교육의 이정표로서 깊은 공헌을 하게 될 것이다.

최모세 | 음악가, 수필가

■ 낯선 환경에서 부딪치는 문화적 이질감과 차이를 말할 때 작가의 목소리는 또렷해지고 감정의 결은 선명해진다. 그 목소리는 직접 체험을 통한 실감의 부피를 뚫고 나오는데, 특히 교육과 번역 등에 대한 날카로운 통찰력으로 말미암아 공감의 울림이 높아진다.

장석주 | 시인, 문학평론가

세상을 바꾸는 밥상머리 교육

초판 1쇄 인쇄 · 2017년 11월 25일
초판 1쇄 발행 · 2017년 11월 30일

지은이 · 권순희
펴낸이 · 한봉숙
펴낸곳 · 푸른사상사

주간 · 맹문재 | 편집 · 지순이 | 교정 · 김수란
등록 · 1999년 7월 8일 제2-2876호
주소 · 경기도 파주시 회동길 337-16 푸른사상사
대표전화 · 031) 955-9111(2) | 팩시밀리 · 031) 955-9114
이메일 · prun21c@hanmail.net / prunsasang@naver.com
홈페이지 · http://www.prun21c.com

ⓒ 권순희, 2017

ISBN 979-11-308-1235-9   03810
값 16,000원

이 도서의 국립중앙도서관 출판예정도서목록(CIP)은 서지정보유통지원시스템 홈페이지(http://
seoji.nl.go.kr)와 국가자료공동목록시스템(http://www.nl.go.kr/kolisnet)에서 이용하실 수 있습니
다.(CIP제어번호 : CIP2017029207)

세상을 바꾸는
밥상머리 교육

한국과 미국 두 나라에서 교육 관련 일을 해온 독특한 경험을 바탕으로,

교육적 관점에서 렌즈를 학교 밖 미국 문화, 사회 및 정치 체제에 갖다 대고

미국 사회의 구석구석을 파헤쳐 미국 서민들과

소수민들의 호흡을 듣고 삶을 느끼며,

한국 이민자들의 땀냄새를 맡고 공감하며

한국인의 유산과 자존감 및 그 위상을 재발견했다.